あなたの事が好きなわたしを
推してくれますか?
Anata no Koto ga Suki na
Watashi wo Oshite Kuremasuka?

推し

あなたの事が好きなわたしを推してくれますか？ 2

Anata no Koto ga Suki na Watashi wo Oshite Kuremasuka?

CONTENTS

「あ、やっぱりバレーより
スイカ割りの方がよかった？
それも後でやろうね！」
雪《ゆき》奈《な》望《のぞ》美《み》
誰もが知るトップアイドルグループに所属する大人気メンバー。啓太郎の一番の推しを自称し、推しまくる

「けーたろを賭けの対象にするとか
ダメに決まってるでしょ！」
堕天院《だてんいん》マリエル
登録者数百万人超えの超人気VTuber。
啓太郎の彼女の座を賭けて、ゲーム大
会でラミアと勝負をすることに……

「幼馴染とか聞いてたけど、
やっぱり幼馴染って負けフラグなのかな？」
九《く》印《いん》ラミア
マリエルと同期で同じ事務所で活躍する人気VTuber。啓太郎にガチ恋状態で、VTuberのキャラは清楚系だが中の人は……

天《あま》宮《みや》紗《さ》菜《な》
啓太郎の妹で、伝説のコスプレイヤー。休止中だったコスプレ活動を兄のため再開し、推しまくる
「……海での定番イベント」
「なによけーたろ。なんか不満でもあるわけ？」
西《さい》園《おん》寺《じ》芹《せり》香《か》
啓太郎の幼馴染で、堕天院マリエルの中の人。VTuberになったのは啓太郎のためだったが明かせず、推しまくる

あなたの事が好きなわたしを推してくれますか？2

恵比須清司

ファンタジア文庫

3354

口絵・本文イラスト　ひげ猫

あなたの事が好きなわたしを推してくれますか？
Anata no Koto ga Suki na Watashi wo Oshite Kuremasuka?
2.
恵比須清司
Seiji Ebisu
イラスト／ひげ猫
Higeneko

プロローグ

「だから、けーたろは私の彼氏だって言ってんでしょうが‼」

私こと西園寺芹香《さいおんじせりか》は、そう怒鳴りながら自室を出た。

……ったく、もうすぐけーたろがやって来るってのに……！

イライラと焦《あせ》りを感じながら廊下を歩く私。

大好きな幼馴染《おさななじみ》が何年振りかで家を訪ねてくるっていうのに、なんでこんなことになってるんだと頭を抱えたくなる。

それもこれも、全てはあの闖入者《ちんにゅうしゃ》のせいだ。いきなり訪ねてきたあの子にも驚いたが、それを追い返すことさえできなかった自分にも驚きだ。

「何十回も部屋の掃除して、身だしなみもこの日のために服は厳選したし、何度もお風呂《ふろ》に入って準備万端だったはずなのに……！」

いかに漏れなく準備してきたかを思い返し、自然と愚痴が洩《も》れる。

ちなみにこれだけ気合が入っていたのは、啓太郎《けいたろう》に会うのにみっともないところなんて見せられないし絶対に見せたくなかったからだ。

天宮《あまみや》啓太郎……、私の好きな人であり初恋の人。

物心付く前から一緒にいて、幼稚園も小学校もずっと同じだった。

中学からは啓太郎が引っ越したこともあって離れ離れになったけど、それまでは常に一緒にいて、そして気がついたら好きになってた。

家柄と持ち前の性格で孤立しがちな私の傍《そば》に、啓太郎はいつも寄り添ってくれていた。

わがままで迷惑をかけたこともあったけど、それでも啓太郎は気にしなかった。

……そういえば小学生の時、みんなで遊びに行こうってなって、いつものように私は遠巻きのまま誘われないでいて……。一人で寂しさをこらえてた時に啓太郎がやって来て、一緒に帰ってくれたこともあったっけ……。

啓太郎との思い出を頭に浮かべ、幸せな気分に浸る私。

が、すぐにハッと我に返って、そんな大事な人との時間を邪魔されつつある現状を思い出し、改めて理不尽に身を震わせる。

「なんでこんなことになるのよ！」

もう何度繰り返したかわからないことをまた口にして通りがかりのメイドさんをビクッとさせながら、私は苛立《いらだ》ちを込めてズンズンと歩き続けるのだった。

第一章　推しだけど彼女にしてくれますか？

「いやー、久しぶりに来たけど全然変わってないな……」

俺はだだっ広いホール内を見上げながら、ちょっと呆《あき》れ気味にそう言った。

小さい頃から広い家だなーって思ってたけど、改めて足を踏み入れると広いってレベルじゃなかった。家というより屋敷《やしき》というか、フィクションの世界で見るような洋館が現実に存在してるんだからすごい。

「知ってたけど、芹香のやつってとんでもないお嬢さまなんだよなぁ……」

しみじみと呟《つぶや》く俺。さすが西園寺グループ、庶民の暮らしとは次元が違う。

そう、俺は今芹香の家に来ていた。数年ぶりの来訪なわけだが、気まぐれでやって来たわけじゃなく芹香に呼ばれたからだ。

「天宮さま、どうぞこちらへ。お嬢さまがお待ちしております」

「あ、ど、どうも、お邪魔します」

そうやってボーっと佇《たたず》んでいるとメイドさんに声をかけられ、俺は芹香の部屋へと案内される。しっかし、メイドさんがメイド喫茶以外にいるなんてのも改めて考えるとすごい話だ。いや、こっちが本物なんだろうけど。

道中、高そうな調度品なんかに目を奪われつつ、俺はぼんやりと芹香の家に来ることになった経緯を思い返す。

と言っても別に大した理由とかはなく、ただ単に芹香からＬｏＦ（ラインオブファイアの略。今最も熱いＦＰＳゲームだ）を教えてほしいからというもの。

まあそんな風に頼まれたら、相手は俺のファンでもあり幼馴染でもあるわけだし、ゲーム実況者のケイとしては断れない。それに、

「……マリエルさまからの直々のお願いだからな」

芹香は俺の推しＶＴｕｂｅｒである堕天院《だてんいん》マリエルの中の人なわけで、マリエルさま口調で「お願いしますわケイさま」なんて言われた日には即座にＯＫするのは当然だった。

もしかしたらマリエルさまの配信環境とかも見れるかもしれないし——……って、考えてたらまたウキウキしてきた！　ＶＴｕｂｅｒの裏側を見るなんてちょっと罪悪感があるし、推しとの距離感を大事にする俺としては後ろめたさもあるが、それでも楽しみなことには変わりない。どんな環境であの神配信が生み出されているのか、想像したら楽しみすぎて昨日の夜はあんまり寝られなかったくらいだ。

そうして俺が胸を躍らせていると、間もなく芹香の部屋へと到着した。

「えっと、お邪魔します……、って変か？　来たぞー、芹香」

久しぶりなこともあって、ちょっと緊張気味にドアを開ける俺。

すると芹香がいつものちょっと不機嫌そうな顔で「遅いわよ、けーたろ！」と出迎えてくれる——と思っていたのだが、

「え、誰？」

「へ？」

室内にいたのは全く見知らぬ少女だったので、俺は思わず立ちすくんでしまった。

黒い髪にゴスロリっぽいこれまた黒い服。全体的にダークな感じをかもし出してはいるけど、かといって暗いといった雰囲気はまるでない女の子だった。

パッと見ただけでもわかる、相当な美少女。ツインテールなことも相まって、まるで芹香が色相反転したかのような印象を一瞬受けたが、すぐに頭を振って我に返る。

……だ、誰だこの子？　部屋を間違え——……たわけないよな？　メイドさんに案内してもらったわけだし。じゃあ、マジで誰なんだ？

「あ、あのー、どちらさまでしょうか……？」

こっちから訪ねて来てるのにズレた質問をする俺。

だが仕方ない。芹香の部屋に来たはずなのに見知らぬ美少女に出迎えられて「誰こいつ？」って顔をされたらこんな反応にもなるだろ。

「誰って、それはみあたむのセリフなんだけど」

「……みあたむ？」

「あっ！　もしかして⁉」

その時、謎の美少女が突然大きな声を上げ、俺はギクッと身体《からだ》を強張《こわば》らせる。

なんだなんだと思う間もなく彼女は距離を詰めてきて、まるで何かを確認するかのように何度も俺の全身を眺め回した。

「あー、そっか、きみが『けーくん』なんだね！　そっか、そうだよね！」

「え、な、なんで俺の名前を？　どこかで会ったことあるっけ？」

「ううん、これが初対面だよ」

彼女はそう言って首を振る。だが続いて出た言葉に、俺は本気で驚いた。

「でも、リアルでは初対面だけどネットではよく知ってるよ。ケイきゅんだよね？　ケイのゲーム実況チャンネルの」

なぜなら、彼女がいきなり俺のもう一つの顔を言い当ててきたからだ。

……か、顔出し配信とかしたことないのに、マジでなんでわかったんだ⁉　あと、ケイ

きゅんとか言われたの初めてなんだが⁉

唐突な身バレとここまでの想定外な流れに、俺はいよいよ混乱するしかなかった。

「うわー、ケイきゅんのリアルってこんな感じだったんだねー。うわーうわー」

一方で彼女は驚く俺など気にした風もなく、興味津々《きょうみしんしん》といった眼差《まなざ》しを向けるばかり。

しかもやたらと距離が近くてなんか甘い香りまで漂ってくるし――って、ダメだ！　状況に流されてばかりいてどうする俺！

「ちょ、ちょっと待った。きみは一体誰だ⁉　ここって芹香の部屋のはずだろ⁉」

俺はなんとか気を取り直してそう訊《たず》ねる。

すると謎の美少女は一瞬キョトンとした顔を見せた後、すっかり忘れてたという感じでペロッと舌を出した。

……リアルでてへぺろを見たのって初めてかもしれない。可愛《かわい》い。

「そうだったね、ごめん。えっと、芹香ってマリてゃのことだよね？」

「ま、マリてゃ……？」

「みあたむはマリてゃの友達で、名前は倉沢美亜《くらさわみあ》っていうの。マリてゃと同じティンクルライブ所属のＶＴｕｂｅｒなんだよ」

「へー、芹香の友達――って、ぶ、ＶＴｕｂｅｒだって⁉」

「そうだよ。ＶＴｕｂｅｒ名は『九印《くいん》ラミア』っていうの。もしかして知らない……？」

ちょっと不安そうな顔で首を傾《かし》げる謎の美少女こと倉沢美亜さんこと九印ラミアさんだったが、俺はそれどころじゃなかった。てか情報量が多くて頭の整理が……！

……九印ラミアというＶＴｕｂｅｒのことは知っていた。基本的にマリエルさまオンリーで他のＶにはあまり興味のない俺だが、彼女のことは存じ上げていた。というのもマリエルさまと同じ箱でしかも同期だったからだ。何度かコラボもしていたはず。

残念ながらマリエルさまとのコラボ以外の配信などは見たことがなかったが、結構人気があるようでその名前を聞く機会は多かった。

そんなＶＴｕｂｅｒさんの中の人が今目の前にいるこの子だと……？

「ってか、ＶＴｕｂｅｒってことをそんな簡単にバラしてもいいの……？」

「あ、うん、いいよ」

「軽っ!? どう考えてもいいわけないと思うんだけど!?」

「いいんだよ。だってケイきゅん相手だし」

「え、それはどういう」

「だってみあたむは、ケイきゅんの大大大ファンだからね！」

ラミアさんはニコッと笑ってそう言うと、いきなり俺の手を取ってギュッと握りしめてきた。いきなりの柔らかな感触に戸惑う間もなく、彼女は満面の笑みを浮かべたまま、ほんのり頰を赤くして続ける。

「やっとリアルでケイきゅんと会えたよ～！　マジ感激！　すっごいうれしい！」

「え、いや、ちょ⁉　ど、どういうこと⁉」

「だから、みあたむは超ケイきゅん推しなの！　今日だってケイきゅんに会うために来たんだから！」

その言葉に、いよいよ俺の混乱は頂点に達する。

……お、俺に会うため？　この子はＶＴｕｂｅｒの九印ラミアさんで、同時に俺の大ファンで――って、情報量が多すぎる！　後距離も近すぎるって！

「ま、待った！　俺のファンって……、なんでまた⁉」

「？　何がなんで？　好きだから推してるだけだけど、なんか変？　ケイきゅんのフォロワー数は何十万でしょ？　ファンがいるのは当然じゃん？」

た、確かに真顔でそう返されると何も変じゃないが……。

それにしたって展開がいきなりすぎて消化しきれてないんだこっちは。フォロワー数が増えたのも、大人気アイドルやら大人気ＶＴｕｂｅｒやら大人気コスプレイヤーにバズらされたからで、まだまだ実感が伴ってないというのが現状だし。

「みあたむも、バズったケイきゅんの配信を見て好きになったんだ。メッチャゲーム上手《うま》いし面白いし！　もうこれは推すっきゃないって感じで、過去動画も全部見たよ！」

「それはどうも……、うん、ありがとう」

とはいえ、こうも無邪気に推されるとやっぱりうれしいもので、ニコニコと笑顔でそう語るラミアさんにこっちも自然と頬が緩む。

「みあたむもゲーム超好きだからケイきゅんのプレイはすっごい憧れるんだ。メインのLoFはみあたむもやってるからもちろん大好きなんだけど、それ以外のゲームもマイナーなやつとかいっぱい動画があって、そっちも超面白かったし！」

「え、マジで？　まだ全然配信が伸びてない時期にいろいろ試行錯誤してやりまくってたからなぁ。面白かったならよかったよ」

……いやぁ、ストレートに褒められると普通にうれしくなるな。

みんなにバズらされる前の平均視聴回数一桁時代には、少しでも多くの人に見てもらおうといろんなゲームの実況動画を上げていた。それこそマイナーゲーやレトロゲー、クソゲーなんかもプレイしまくってたわけだが、それがちゃんと実を結んでたんだとわかってなんだか胸が熱くなってくる。

「みあたむはあれが好きなんだよね。『ダンジョントラッパー』。みあたむも昔ハマってたから、ケイきゅんの実況動画見つけてすごいうれしかったし。しかも超上手かった！」

「あれやったことあるの？　一部では評価は高いけど難易度がシビアでかなりマイナーなゲームなのに？」

　タイトル通り、ダンジョンにトラップを仕掛けてモンスターはもちろん冒険者まで罠《わな》にはめるというゲームだ。パズル要素が強くかなり難しいのであまり流行《はや》らなかったが、まさかあれをプレイしたことがあるとは。

「うん。他にも『ドレッドソウル』とか『妖剣ムラクモ』とかもやったよ。レトロゲームもみあたむいっぱいプレイしてるし。『ウォーロック』とか『どたばたウォーズ』とか」

「おおっ、そんなのまで⁉　マジもんのゲーマーじゃないか！」

　挙げられた名前を聞いて俺はかなり興奮した。

　どれもこれも一般的じゃないが、中毒になるような面白さのあるスルメゲーばかりだ。まさかこんな可愛い女の子の口から次々とマニアックなゲームタイトルが出てくるとは。

「じゃあもしかして『バレットタンク』とかもやったことある？」

「やったよー！　戦車の操作性が最悪でまともに動かないんだよねあれ！　でもカスタム要素がすごい凝ってて、弾道計算しながら弾当てた時は脳汁出るよね！」

「すげーわかる！　マニアックなくせに物理演算だけヘボいのが最高だよな！」

「ケイきゅんが動画で『神ゲーとクソゲーのハイブリッド』って言ってて、みあたむスマホで見ながら『それな！』って思わず言っちゃったし！　あ、そうそう、クソゲーといえば『千年の月と夜の女王』も面白かった！」

「ああ、月の開拓シミュゲーな！　操作は一日単位なのにタイトル通りキッチリ千年分プレイしないとクリアできないんだよあれ！　面倒になってスキップしたら開拓者はすぐ死ぬから、最後にはどのタイミングでスキップすればいいのかを見極める時間操作ゲーって言われてたのが受けたわ！　でもゲーム自体はマジで面白いんだよな」

「それ！　みあたむも超ハマったからわかりみしかない！」

そうそうと全力で相槌《あいづち》をうつラミアさん。その顔は心底楽しそうな笑顔で、根っからのゲーム好きだということは伝わってくる。

あのゲームはこの要素が神だった、あのゲームはマジでここがクソゲーだったと、俺達はいつの間にかお互い早口で言葉を交わしていた。こういうゲームトークができる相手はとても珍しく、そして貴重だ。

相変わらずラミアさんは距離が近くてほとんど俺に抱き着くような体勢だったが、もはやそんなことは気に留めていなかった。ゲーマーにとって、過去にハマったゲームのあるあるを語り合うというのはそれくらい夢中になれることなのだ。

そうやっていつ尽きるともわからない会話が続いていた時だった。

「な、何やってんのよあんた達‼」

突然そんな大声が聞こえてきて、俺はビクリと背筋を伸ばした。

振り向くとドアのところに芹香《せりか》が立っていて、大きく目を開きながら怒っているのか驚いているのかよくわからない顔でこちらを睨《にら》みつけてるじゃないか。

「きょ、距離が近すぎなんだけど⁉　まさか抱き合ってたんじゃないでしょうね⁉　部屋の主がいない間にいやらしい……！」

「なっ⁉　ち、ちがっ！」

ちょっと涙目になりながら言う芹香に、俺はあわてて弁明しようとする。

……た、確かに距離が近いのはその通りだが、芹香のやつ変な勘違いしてるぞ！

「誤解だ！　俺達はただゲームトークで盛り上がってただけで……！　ってか、そういやお前、人を呼びつけといてどこ行ってたんだよ！」

「うっさいわね！　トイレよトイレ！」

「いや、そこはもうちょっと包んだ表現にしてくれない⁉」

とてもお嬢さまの言うセリフじゃなかったが、冷静さを欠いているのか、芹香はキレ気味にそう返す。ちなみに、普段はこんな感じじゃないってことだけは、幼馴染《おさななじみ》の名誉のためにここで宣言しておくとしよう。

「……そんなことより！」

芹香は俺達の方を睨みながらつかつかと近づいてくる。

な、何をするつもりだ？——ってか何を怒ってるんだよと戸惑っていると、芹香は俺の腕をグイっと引っ張って強引にラミアさんから引き離した。

……と、ここまではまあよかったが、次の瞬間芹香は何を思ったのか、そのまま俺の腕に全身で抱き着いてきたのだ。

「お、おい、何を⁉」

いきなりの意味不明な行動に、もちろん俺は焦《あせ》った。ラミアさんとはまた違った甘い香り、そしてボリュームは控えめだがそれでも柔らかい感触が追い打ちをかける。

しかし芹香は、そんな俺に一瞥《いちべつ》もくれることなくラミアさんの方へと鋭い眼光をキッと向けると、

「ちょっとラミア！　ひ、人の彼氏にベタベタしてんじゃないわよ！」

と、トンデモナイ爆弾発言を口にした。

「………ちょ、ちょっと待て、今『彼氏』って言ったか……？

「はぁっ⁉　お、お前どういう――」

俺は当然どういうことかと問いただそうとする。だが、

「えー、ちょっとくらいいいじゃん。だってみあたむは大好きなケイきゅんに会えたんだよ？　テンション上がるのも無理ないっしょ」

「そんなの人の彼氏に抱き着いていい理由になってないわよ！」

「別に抱き着いてはないし。ってゆーか、みあたむはケイきゅんのファンなんだから、ちょっとくらい抱き着いてもそれはファンサの一環じゃん？　マリてゃは頭固すぎ」

「それ、ＶＴｕｂｅｒやってる人間のセリフじゃなくない⁉」

目の前で繰り広げられる二人の会話は、まるっきり『彼氏』という部分が既成事実かのように扱われていて、俺は思わず言葉を失ってしまう。

何も言えないでいる間も、二人のやり取りは（主に芹香が）わーわーギャーギャーと騒がしいまま進んでいくばかり。

……いや、マジで何が起こってるんだ……？　と、呆然《ぼうぜん》としながらもそういった念を込めて眺めていると、やがて芹香がその視線に気づいたのか、一瞬だけ気まずそうな顔を見せた後、どこか引きつった笑みを浮かべてこう言ったのだった。

「ねえけーたろ、か、彼氏のあんたもそう思うでしょ？」

▽

「……なるほど、つまり勢いでそう言ってしまったと」

「ま、まあ平たく言えばそう表現できなくもないわね」

平たく言おうが尖《とが》って言おうが同じだ！　……ったく。

現在、俺達は芹香の部屋を出て中庭に移動中だった。

あの後、とりあえず落ち着いた俺達は、お茶でもしながら改めて話をしようということになり、その道中で俺はもちろん芹香に訊《たず》ねた。これは一体どういうことなんだ、と。

「……し、仕方なかったのよ」

メイドさんに案内されて前を歩くラミアさんをチラチラとうかがいながら、芹香は小声でそう言った。芹香の説明によると、経緯は数日前にさかのぼるという。

芹香こと堕天院《だてんいん》マリエルさまと九印《くいん》ラミアさんは同期で、仕事上よく一緒になることが多いらしい。先日も案件のお仕事で事務所に行った時に会ったのだとか。

しかし、そこで出た話題が問題だった。

なんとラミアさんが推しである実況者のケイ――つまり俺に会わせろと芹香にお願いし

てきたというのだ。それも結構強めのテンションで。

「……ちょっと待て。なんでラミアさんは、お前が俺とリアルで知り合いだって知ってるんだよ」

「そ、それは……、私が、その、ちょっと自慢っていうか、思わずそう言っちゃったからで……！　う、迂闊《うかつ》だったと反省してるわよ！」

反省してるなら逆ギレすんなよ！

「……ラミアがケイのすごいファンだって私に言ってきたのよ。私達のあれでバズったでしょ？　それであんたのことを知って、それでって」

「そうだったのか。……なんか照れるな」

「……ちょっと、なにうれしそうにしてんのよ」

「いや、普通にうれしくていいだろ⁉　ファンになってもらえたんだからさ！　まあ、調子に乗るなって話なら心配はいらねーよ。バズったのは実力じゃなく、ゆきとかマリエルさまのおかげだってことは肝に銘じてるからな」

「はあっ⁉　何言ってんのよけーたろ！　バズったのは１００％あんたの実力でしょ⁉　私の推しをディスってんじゃないわよ！」

「面倒くさいなお前⁉」

それだけ俺のことを推してくれてるのはありがたいけど、本人が謙虚に言ってんのに噛《か》みつくとかどういうことだよ……。

「……まあ、とにかくそっちの経緯はわかった。で、どうしてなんだ？」

「な、なに？　どうしてって何のことよ」

「ラミアさんが俺に会うために今日ここに来たってことはわかった。けど、なんでさっき俺の事あんな……、彼氏とか言ったんだよ」

「だ、だからそれは勢いで……」

「勢いでもそんなこと言う必要性がどこにあるんだ」

「り、リアルでケイに会わせろってきかなかったからよ。……押し切られそうになって、それで諦めさせるためについ、その……、わ、私の彼氏だからダメだって」

「確かにＶＴｕｂｅｒとリアルで会うっていうのはいろいろ問題あると思うけど、本人からの強い希望ならそんなウソついてまで断るほどじゃないだろ」

そう、俺の方がＶＴｕｂｅｒにリアルで会わせろって言うんならまだしも、向こうがそうしたいって言ってるなら、こっちとしては断る理由とかはないんだよな。

「ラミアさんってすごいゲーム好きみたいで、さっきもそのトークで盛り上がったし、純粋なファンだってんなら問題ないだろ？」

「そ、それは……！　だって、いい機会だったし……」

「いい機会？」

「な⁉　ななな何でもない⁉」

顔を赤くしてブンブンと首を振る芹香。意味がわからない。

「じゃなくて！　そ、そんな甘いもんじゃないのよ！　あんたは認識が甘い！」

「認識が甘いって、どういう意味だよ？」

芹香はそう言ってコホンと軽く咳《せき》ばらいをする。

どうにも何か誤魔化されたような気がしないでもないが……。

「ファンって軽く言うけど、ラミアはそんな軽いレベルじゃないのよ。……あんたのことが好きすぎるのよ。異常に」

「いやぁ」

「だから照れてる場合じゃない！　異常にって言ったでしょ！　あんたに会わせるのが危険なくらいだって判断したから、私は咄嗟《とっさ》に彼氏だって言って断ろうとしたのよ！」

結局それでも押し切られたんだけど……、と顔をしかめる芹香。

言ってることはわからなくもないんだけど、やっぱり大げさにしか思えないぞ？

「好きすぎるって言われてもな。ファンならそんなもんじゃないのか？　お前もケイのことが好きすぎる点では同じじゃないか」

「当たり前でしょ！　私のあんたへの——も、もとい！　ケイへの愛は誰にも負けない自信があるし！」

「じゃあなおさら、ラミアさんのことを警戒する理由はないだろ」

「そ、それはそれ！　私があんたを一番推してるのはＷｉＫｉに掲載されてもいいくらいの事実なんだけど」

……要出典元って注釈が付いてそう。

「それでもラミアは別！　別次元に厄介なのよ！　とにかく、あんたはあの子がいる間、私のか、かかか、彼氏として振る舞いなさいよね！」

芹香はビシッとこちらを指差してそう言い放つが、やっぱり俺はピンとこない。

推しが好きすぎて困るくらいのファンなんだと言いたいのかもしれないが、それならもう俺は経験済みというか、脳裏には目の前にいるこいつも含む三人の顔が自然と浮かんでくるわけで。

……まあ推しのこととなると普段と違うキャラになってしまうってのはあるあるなことだから、そんな警戒することじゃないよな。ましてや彼氏として振る舞えなんていきなり言われてもできるわけが——

「ケイきゅんっ。マリてゃとばっかりじゃなくて、みあたむともお話ししようよっ」

と、そんなことを考えていた時、不意に声が聞こえてきたかと思ったら、グイっと腕に抱き着かれる感触がした。

「えっ？　あ、ちょ、ちょっと？」

振り向くと、ラミアさんがイタズラっぽい笑みを浮かべながら俺に密着していた。

上目づかいでこちらを見つめるその顔と、腕に伝わるムニュムニュとした感触に、一瞬で頭に血が上ってしまう。

「だから！　こいつは私の彼氏だって言ったでしょ！　離れなさい！」

すぐさま芹香《せりか》が間に入って引きはがしたが、ラミアさんは悪びれた様子もなく「だってみあたむ、ケイきゅんが好きだし？」と返してさらにキレられていた。

……ま、まあ確かに距離が近いのはその通りかも。とはいえこういう性格だと言われればそれまでって感じもするし、やっぱり彼氏なんてウソつく必要はない気がする。

「ふわー、マリてゃの家ってやっぱすごいなー。リアルメイドさんはいるし、中庭でお茶とかマジアガる！　みあたむ、こういうの憧れだったんだー」

中庭のテーブルに座りお茶会が始まると、ラミアさんは興奮した様子でそう言った。

俺は小さい頃から来てて慣れてるけど、改めて考えるとマジですごい家だよな。ラミアさんの反応も当然だ。

「で、目的通りケイには会えたんだから、もう満足したでしょ」

しかし、当の芹香はそんなことなどどうでもいいとばかりに、美味《おい》しそうにカップの紅茶を飲むラミアさんにジト目を向けている。

言外には「お茶を飲んだらさっさと帰れ」って雰囲気がありありだったが、ラミアさんはそんな芹香の態度などどこ吹く風ではしゃいでいた。……うーん、空回ってる。

「ねえねえケイきゅん。みあたむはケイきゅんのこと好きなの」

「ぶふっ⁉」

そうこうしていると、突然ラミアさんがこちらを振り向いてそんなことを言ってきた。

それに反応して飲んでいたお茶を噴き出しそうになっていたのは俺じゃなく芹香だ。

けど俺も、突然のことに一瞬ドキリとしてしまう。「好き」の意味がわかってなかったら、急に告白でもされたかのように誤解したかもしれない。

それくらい、ラミアさんの俺への視線は真《ま》っ直《す》ぐだったからだ。

「あ、ありがとう。それだけ推してもらえると、配信者としても励みになるよ」

俺はちょっとドギマギしつつもそう返す。

だがラミアさんは「ちがくて」と軽く首を振って、

「ケイきゅんのことは推しとしても好きなんだけど、普通に男の子として大好きなの。ガチ恋ってやつ？」

ニッコリと笑うと、あっけらかんとした口調でそう言い放ったじゃないか。

「……えっと、ガチ恋？　それはどういう――」

俺はあまりに想定外の言葉に意味がわからなくて（ガチ恋の意味は知ってるけど、その発言の意図がわからなくて）普通に訊《き》き返そうとする。だけど、

「が、ががが……っ！　ガチ恋とか、あんた何言ってるわけっ⁉」

その前に横で聞いていた芹香が先に爆発。バンッとテーブルに両手をつき、顔は真っ赤で全身がわなわなと震えていた。

「え、そのままの意味だけど？　みあたむ告っちゃった★」

「告っちゃった★　じゃなーい‼」

てへぺろするラミアさんに、ますます激昂《げきこう》する芹香。

一方俺は、突然の告白をされて頭の中は空っぽだった。芹香が代わりに慌ててくれてるおかげか、なんだか変に落ち着いている。

いや、状況を正確に理解できてないだけかもしれないが……、ともかく、ラミアさんに真意を訊ねないといけないという気持ちだ。

「あのー、ラミアさん？」

「あ、みあたむのことはみあたむでいいよ？」

「いや、それは遠慮しておくとして……。えっと、今のは？　俺のことを好きって、異性としてって意味で？　なんでまた？」

なに冷静に訊いてんのよ！　と芹香からツッコミが入ったが、とりあえずスルー。

「え、なんでってなんで？　ケイきゅんの配信を見て好きになったんだけど？」

「でも俺は顔出し配信とかしてるわけでもないし、今日が初対面なのに？」

「んー？　でもガチ恋ってそんなものでしょ？」

「…………確かに！」

「なんでそこで納得してんのよ⁉　そんなのおかしいってなる流れでしょ今の⁉」

……いやまあ、俺もそのつもりで話してたんだけど、確かにガチ恋ってそういうもんだと言われたらそういうもんだったわ。

ってか、ＶＴｕｂｅｒやってるお前がそこに突っかかるのは違くね？

いやまあ、それはともかくだ。ということは、ラミアさんは今本当に俺に告白をしたというわけで……。な、なんか、やっぱり実感はないけど、ちょっと恥ずかしくなってきた。

「え、えーと、それはどうもありがとう。俺のどんなところがそんなに好きになったのか訊いてもいいかな？　その、参考までに」

「ちょっとけーたろ！　なに普通に話を進めてるのよ！」

「い、いいだろ別に！　ガチ恋とか言われたの初めてなんだから、今後の参考のためにもいろいろ訊いておきたいんだよ！」

なんだか騒々しくて、とても告白されたって雰囲気じゃなかった。

……でも、ガチ恋の告白と普通の告白って違うよな？　いや、違うっけ？

なんだかよくわからなくなってきたので、その辺りのことも含めて、俺は改めてラミアさんに、ケイのどこが好きなのかを訊いてみるのだった。

「え、全部」

「端的だ！　うれしいけど、もっとこう、何か具体的に教えてもらえると……」

「んー？　でも好きになるのに理由なんてなくない？　ケイきゅんの配信見て、気付いたら全部好きーってなってて」

む……、確かにそれはわかる。俺もゆきとかマリエルさまに出会って、気付いたら推してたわけだから。

とはいえ、さすがにガチ恋はしなかった。推しとの距離感を大事にする俺としてはそういう発想がそもそもなかったというのもあるが、だからこそガチ恋なんて言われたら「どうして俺を？」と純粋に興味が湧く。

……って、なんかガチ恋ガチ恋って言ってると今更ながらにドキドキしてきた。

「あ、でもみあたむがどれくらいケイきゅんのことが好きかってことなら言えるよ」

そんなことを考えていると、ラミアさんは笑顔のまま、いかにケイのことを好きになったのかを語り始める。

その頬はほんのり赤くちょっと照れているように見えて、改めてラミアさんの美少女っぷりにドキリとさせられた。こんな顔で好きになった理由なんて語られたら一瞬で虜《とりこ》になってしまうんじゃないかと心配になるくらいだった――が……。

「ケイきゅんのことを知ったのはマリてゃの配信からだったんだけど、それで興味が出て見てみたの。みあたむもＬｏＦやってるし、どんなのかなーって。で、一瞬でハマっちゃったんだよね。プレイはすごいしトークは面白いし、本当に衝撃的だった」

「いやぁ、そこまで言われると照れるなぁ」

「それで過去のアーカイブとかも全部見たの。そしたらＬｏＦ以外のいろんなゲームもやってて、みあたむもゲームは超好きだからさらにハマって、もう本当に時間があったらケイきゅんの動画ばっかり見るようになったんだ」

「……配信やっててよかった」

「そういえば、ケイきゅんとちょっとでも繋《つな》がりたくてスパチャも送ろうって思ったんだけど、できなかったんだよね。どうしてスパチャ切ってるの？」

「ああ、それはその……、できるようにしとくと際限なく送ってくる人達がいるんで、とりあえず今は切ってるというか……」

言いながら芹香の方に視線を送ったが普通に無視された。おい。

「そうなんだ。で、とにかくそんな感じでどんどん好きになっていって、もうみあたむの人生はケイきゅん中心で回ってるように感じるくらいになってったんだよね。気付いたら声も話し方も大好きになってて、ケイきゅんのことで頭がいっぱいになっちゃってた。それである日ふと思ったんだ。ああ、これって運命かもって」

「運命ってそんな大げさな。でもそれくらい俺の配信を気に入ってくれたっていうことならマジでうれしい――」

「あ、ううん、本当に運命って思ったんだよ」

「……え？」

「だってこんなに好き好きー！　って気持ちが溢《あふ》れたの、ケイきゅんが初めてだったし。ガチ恋って言ったけど普通はネタで言ってるレベルじゃん？　でもみあたむはそういう次元超えてたんだよね。画面越しに見てるだけだとなんだかもう我慢できなくなって、どうしてもケイきゅんに会いたいーってなって、あ、これマジなやつだって自覚しちゃった感じ？　そしたら、あーこれって運命だーって思ったの。みあたむはケイきゅんと結ばれるために生まれてきたんだなーって、すごく自然と思えたんだよ。これってすごくない？」

「ん？　んん……？」

「なんかそしたらこれまで以上にケイきゅんが身近に感じられて、配信とか見ててもみあたむだけに話しかけてきてるみたいに聞こえてきて、いつの間にかケイきゅんと会話してるみあたむがいたんだよね。これってマジですごくない？　それ以来みあたむの脳内にケイきゅんが住みついたみたいな感じになって、もうずっと脳内ケイきゅんとお話ししてる状態っていうか」

「……えーと……」

「あ、言っとくけどみあたむはサイコじゃないよ？　ちゃんとそれはイマジナリーケイきゅんだってわかってるから。それくらいもうケイきゅんのことが好きで好きでたまらなくなっちゃったってこと。でもやっぱりイマジナリーじゃ我慢できなくなっちゃったから、マリてゃにお願いして今日会いに来たの」

「……だから、その……」

「リアルのケイきゅんって、みあたむの想像とそっくりだったんだよ？　それもすごくない？　やっぱり運命なんだなーって、みあたむとケイきゅんは魂でつながってるんだなって思えてすごくうれしかった！　もうみあたむはケイきゅん以外考えられないから、これからはリアルでも一緒にいてほしいなっ」

「…………」

ちょっと恥ずかしそうな、でも満面の笑みでそんなことを言うラミアさんは、正直なところメチャクチャ可愛《かわい》かった。こんな告白されたら普通の男子なら絶対コロッといくだろうって、素直にそう思えた。

……でも、でもなんだろう、この違和感は……！

いつの間にか汗をかいていたのか、背筋に冷たいものが走る。心の中で危険を知らせるアラートが鳴り響いている。

これはヤバい。なんだかわからないけど、ものすごく重い何かを感じる……！

俺はチラリと芹香《せりか》の方を盗み見る。すると芹香は無言のまま、何かを訴えるような視線だけをこちらに向けていた。

そして、俺は瞬時にその視線の意味を理解する。

「ご、ごめん……、俺は、その、もうこいつの彼氏なわけでして……」

そして、さっきまでは彼氏のフリなんてするつもりなかったのに、ごく自然にそんな言葉が口から出ていた。

……というか、ここで頷《うなず》ける男は相当の勇者だと思うぞ⁉

「あ、うん、知ってるよ。だから、みあたむに乗り換えない？」

だがラミアさんは、続いてそんなトンデモナイことを平然と言ってのけた。

「は、はあああぁっ⁉ の、のの乗り換えとか、何言ってんのよあんた⁉」

あまりのことに俺は唖然《あぜん》。そして芹香は爆発。

そりゃそうだ。とてもじゃないが彼女（フリだけど）の前で言うセリフじゃない。

こんな堂々とした略奪の仕方なんて聞いたことないぞ。

これが新時代のNTRなのか――……って、んなわけあるか！

「ねえケイきゅん、みあたむはケイきゅんのためなら何でもできるよ？　マリてゃよりもみあたむの方がケイきゅんに尽くせると思うな」

しかしラミアさんはそんな俺達の反応など気にした様子もなく、あくまでもマイペースにそんなことを言ってくる。

ここまであからさまなアピールはギャルゲーでさえ見たことがない。

そのくせどこまでも自然体のままなのが余計に恐ろしい。俺は今になって、芹香が言っていた「別次元に厄介」という言葉の意味がわかった気がする。

「か、勝手なこと言ってんじゃないわよ！　こいつは私の彼氏だって何度も何度も言ってるでしょ⁉」

「それは知ってるよ？　でもみあたむの方が彼女としてケイきゅんをもっと満足させてあげられると思うの。ほら、みあたむとケイきゅんは運命だし？」

「だからそれが勝手なことだって言ってんの！　運命云々《うんぬん》も１００％あんたの思い込みでしかないし！」

「ケイきゅんはどう思う？　みあたむに乗り換えてくれる？」

「い、いや、さすがに彼女がいるのにそれはちょっと……」

「ほ、ほら見なさい！　けーたろと私は幼馴染《おさななじみ》同士で、小さい頃からずっと一緒にいてそれこそ運命の糸で結ばれたラブラブカップルなのよ！　間に入ってくる余地なんてないんだからね！」

芹香はパァァと表情を輝かせ、ほらほらと得意げに同調する。

それはいいんだけど、ラミアさんを止めるためとはいえお前も結構盛り過ぎでは？

「うーん、そっかぁ」

ラミアさんは俺の言葉に少し勢いを弱め、うーんと思案顔になる。

これで諦めてくれればいいけど……と思っていたのだが、

「あ、じゃあさ、みあたむはとりあえず愛人でもいいよ？」

次の瞬間、さらなる爆弾発言が飛び出してきて、俺は愕然《がくぜん》とする。

「あ、あ、愛人……⁉」

さすがの芹香もこれには心底驚いたらしく、口をパクパクと動かすばかりで言葉が上手《うま》く出てこない様子だった。

「うん、そうだね。すぐにマリてゃと別れるって急すぎたよね。だからとりあえずマリてゃが彼女のまま、みあたむとも付き合ってくれればいいと思う。それでみあたむの方がいいってケイきゅんが思ってくれたときに乗り換えてくれればいいよね。うん、これってすごいナイスアイデアだと思わない？」

どこまで本気なのか、ラミアさんは変わらない笑顔でそんなことを言った。

……いや、これはどこまでも本気だ。本気で言ってる。顔は笑ってるけど目はマジだ。

愛ってのがここまで重いものだと、俺はこの時初めて知った気がした。

「……ふ、ふざけたことばっかり言ってんじゃないわよ！」

と、ここで芹香がようやくショックから復活。

猛然と食って掛かるものの、やっぱりラミアさんはマイペースを崩すことなく、芹香の剣幕にもニコニコしている。

「マリてゃもその方がいいよね。やっぱりすぐに別れるなんて嫌だもんね。みあたむは愛人でも全然平気だから、うん、この方向でいこうよ」

「だから、方向も何もないってば！　私は別れるつもりとかないから！」

「そしたらみあたむの方がもっといい彼女だってケイきゅんもわかりやすいだろうし、やっぱりナイスアイデアすぎ。みあたむ天才！」

「人の話聞いてんのあんた⁉　あと字が間違ってる！　あんたは天災の方よ！」

「あ、そうだ！　みあたむが尽くす女の子だって証明するために準備してきたのがあるんだった。ケイきゅんに見せなきゃ」

「こらー！　無視してんじゃないわよ！」

……も、ものすごく騒がしい。芹香は必死に抗議しているが、当のラミアさんはどこ吹く風だ。いや、この場合芹香の反応の方が普通なんだけどさ。

「はい、ケイきゅん。これどうぞ」

と、ラミアさんはバッグから小さな袋を取り出し、俺の方へと差し出した。

レースのリボンで綺麗《きれい》にラッピングされた手のひらサイズの袋だけど、これは……？

「ケイきゅんに渡そうと思って、お菓子を作って来たんだよ。開けてみて」

「え、お菓子って、手作り？」

「もちろん。チョコチップクッキーだよ。ケイきゅん、配信でこれ好きって言ってたから食べてほしいなって思って」

袋を開けると確かに手作り風のチョコチップクッキーが入っていた。

まだバズる前の過去の配信で、雑談の中でちょろっと口に出しただけの俺の好物。

それをわざわざ手作りで持ってくるなんて、ゆきに続いて二人目だった。そんなレアなことだけに、ラミアさんからは改めて確かな好意を感じる。

「はい、ケイきゅん、あーん」

そんなことを考えていると、ラミアさんはチョコチップクッキーを一枚取り出して、そのまま俺の口へと近づけてきたんだが？

「あ、あーんですって⁉ そ、そんなの私でもやったことないのに……！」

「みあたむはケイきゅんの愛人だから何の問題もないよ」

「既成事実化してんじゃないわよ！ そんなの認めてない！」

「もう、マリてゃはうるさいなぁ。ほらケイきゅん、あーん」

「けーたろ、食べちゃダメだからね！ ラミアの作ったクッキーとか、何が入ってるかもわからないんだから！」

「どういうこと？ 変なのなんて入ってないよ？」

「あんたのことだから髪の毛とかあえて入れてるかもしれないじゃない……！」

「え、なにそれキモ。マリてゃってストーカー気質なの？」

「あんたがそうだって言ってんのよ！　自分の重さに気付いてないわけ⁉」

「なんかマリてゃがキモいこと言ってるけど、大丈夫だからね？　はい、あーん」

ラミアさんはそう言って、再度クッキーを食べるよう促す。

相変わらず笑顔のままだがその圧はすさまじく強く感じられて、俺は仕方なく口を開いて食べた。決して美少女のあーんに負けたわけじゃないぞ。

「美味《おい》しい？　みあたむの手作りクッキー」

「……美味しい」

恐る恐る咀嚼《そしゃく》してみたが、意外なことにクッキーは普通に美味しかった。

……いや、普通にというか、これかなり美味しいぞ。ゆきのと比較しても遜色がない。

ラミアさんってイメージに反して料理が上手なのか。

「よかったぁ、お菓子作りは得意だけど、ケイきゅんのお口に合うか不安だったから」

「やっぱり、料理は得意なんだ……」

「こう見えてもみあたむは家庭的だから、そういうところでもケイきゅんにちゃんと尽くせるよ？」

やっぱり圧が強いとはいえ、意外な一面に少しだけ印象が変わる俺。

「ちょっとけーたろ！　私という彼女がいながら、他の女からあーんされるとか何考えてるわけ⁉」

しかし、そんなちょっとほんわかした空気をすぐさま破壊する芹香。

ものすごい剣幕ながら、ちょっと涙目だった。確かに彼氏（役）では不用意な行動だったのは否定できないが、さすがにこれくらいで泣くなよ……。

「もう、自分はこんなことできないからって怒らないでよマリてゃ」

「な、何を言ってるのかしら？　私はあえてやらなかっただけで、やろうと思ったらそんなのいつでもできるんだけど？　彼女だし！」

「へー、マリてゃもお料理得意だったの？」

「ふ、フルコースでも満漢全席でも余裕だけど⁉」

……わ、わかりやすすぎる虚言。ちなみに俺は幼馴染だが、芹香が料理得意だなんて話は聞いたことがないし見たこともない。会ってなかった数年でマスターした可能性もあるけど、あの態度を見る限りは…………、うん……。

「ま、まあ今は用意する暇はないけどね！　でも、目の前であんなことされて、彼女として黙ってられるわけないでしょ！」

芹香《せりか》はそう言ったかと思ったら、テーブルの上にあったお茶うけのマカロンを手に取ると、ズイッと俺の前に突き出した。

「は、はいけーたろ、あ、あ、あーん……！」

そして真っ赤な顔で促す。恥ずかしさからか目が泳いでいて声も震えている。

明らかにラミアさんに対抗して必死だった。そんな姿を見せられたらこっちも恥ずかしくなるんだが、し、仕方ない。合わせるしかない……。

俺は芹香のマカロンを食べる。まさか芹香相手にこんなことをするとは思ってなかったこともあって、気恥ずかしさで味なんてわからなかった。

「なんかギクシャクしてない？　マリてゃって本当にケイきゅんと付き合ってるの？」

「あ、あああ当たり前でしょ⁉　どう見たってお似合いのラブラブカップルじゃない！」

ストレートに核心を突かれたからって挙動不審がすぎる芹香。

俺も慌ててフォローするが、やっぱり不自然さはどうしても拭えない。ラミアさんに諦めてもらうにはこれしかないとはいえ、やっぱり無理があるのでは……。

「と、とにかく！　けーたろはもう私と付き合ってるんだから、あんたが割って入る余地なんてないの！　わかったらけーたろのことはもう諦めなさい！　けーたろ以外にならいくらガチ恋したってかまわないから！」

芹香は叩《たた》きつけるようにそう言い放つが、VTuberがVTuberに向かって言う言葉としては不適切がすぎるだろ！　必死すぎて自分でも何言ってるかわかってないんじゃないかこいつ⁉

「え、無理だけど？」

だがそんな渾身《こんしん》の宣言もむなしく、ラミアさんは小首を傾《かし》げて軽くスルー。容赦ない。

「みあたむがケイきゅん以外にガチ恋とかあり得ないし。こんな、みあたむの全部を捧《ささ》げても支えてあげたいって思った男の子はケイきゅんが初めてだもん。諦めるとかそんなの無理に決まってるじゃん。マリてゃはおバカさんだなぁ」

「だーかーらー！　こいつは私の彼氏だって言ってんでしょうが！」

「だーかーらー、みあたむは最初は愛人でもいいよって言ってるんだってば」

ギャーギャーワーワーと姦《かしま》しいことこの上ないやり取りが続く。

もはや会話の内容が異次元すぎて、当事者であるはずの俺でも理解が追い付かない。

……というかこの会話、そもそも噛《か》み合《あ》ってるかさえ怪しいのでは……。

二人が言い争うのを傍目《はため》に、俺は黙ってその様子を眺めているしかなかった。

情けないとか思うやつがいたらちょっと出てこい。あんな中に入っていける男がいたとしたら、そいつは乙女ゲーの主人公かただの命知らずだからな？

「もう、もしかしてマリてゃはみあたむがケイきゅんをちゃんと支えてあげられないと思ってるの？　もしそうなら、そんな心配いらないし」

「そんなことは一言も言ってないけど⁉　私の彼氏に手を出すなってだけ！　まあけーたろを支えるって意味では幼馴染《おさななじみ》の私がもうちゃんとやってるから、あんたの出る幕はないってのはその通りだけど！」

「あー、やっぱり疑ってるんじゃゃん。でもそれはみあたむをナメてるよ。みあたむはケイきゅんのためなら何でもできるし。ケイきゅんがお金に困ってたら、みあたむがＶＴｕｂｅｒやって貯《た》めたお金とか全部あげれるし、それでも足りなければ他にどんなことをしても稼いで支えるよ」

「そ、そんなの私だって同じよ！　けーたろのためだったら先祖代々築き上げてきた財産もこの屋敷《やしき》も全部差し出せるわよ！」

「おいこら！　人を勝手に最低最悪のクズヒモ男にすんなよ⁉」

なんか気がついたら話が変な方向に進んでて、知らないうちに俺がドクズ野郎にされてしまってるんだが⁉　言っとくけど俺は絶対に金銭を要求したりしないからな⁉　逆に推しの女の子におねだりされたらこっちが貯金を差し出す勢いだわ！

「それにみあたむはケイきゅんにエッチなこと要求されても全部応えられるし。そういう経験、みあたむはないんだけど、ケイきゅんのためならどんなことでもがんばれるから」

「え、エッチな……⁉　わ、私だってそれくらい余裕よ！　けーたろのみなぎる性欲くらい、お、幼馴染で彼女の私が全部受けとめて見せるわよ！」

「だから！　人を性欲魔人みたいに言うのもやめろ！」

なんかどんどん俺の尊厳が貶《おとし》められていくんですが⁉　流れ弾とかとばっちりとかいう次元を超えてるわ！　こいつら結託して俺を社会的に抹殺しようとしてるんじゃないかって疑うレベルなんだが⁉

しかし俺の必死な訴えは耳に届いている様子もなく、二人はさらにヒートアップしていく。話題の中心人物が蚊帳《かや》の外ってひどくないっすか？　しまいにゃ泣くぞおい。

「それにみあたむは、ケイきゅんにとって一番大事な分野でも支えてあげられる自信があるし。っていうか、みあたむ以外無理だって思ってるから」

とその時、いつまでも終わりが見えない言い争いの中で、ラミアさんがそんなことを言い出した。

「な、なによ、けーたろにとって一番大事な分野って」

「もちろんゲームだよゲーム。ケイきゅんゲーム実況者じゃん。ゲームがケイきゅんの一番でしょ？　だよね、ケイきゅん？」

「え？　あ、ああ」

不意に訊《たず》ねられ、反射的に頷《うなず》く。が、言ってることは間違ってない。

俺はゲームを心から愛しているし、だからこそゲーム実況をしてるのだ。

「みあたむも同じ。ゲームが大好きで、自分でも認めるくらいのゲームマニアだよ。さっきもケイきゅんとゲームトークで超盛り上がったし、みあたむ以上にゲームに詳しい女の子ってそうそういないと思うんだよね。マリてゃも知ってるでしょ？」

「そ、それは……」

どうやらラミアさんのゲーム好きは有名らしく、芹香も知っているらしい。

その知識や経験が豊富なのはさっきの会話でも明らかだった。

「ケイきゅんはゲーム実況者だから、支えるパートナーはやっぱりゲームに詳しい女の子がいいと思うの。違う？」

「う、ぐ……！　ラミアのくせに論理的な……！」

ひどい言いようだが、芹香は押し込まれている。ひどい言いようだが。

「そう考えると、やっぱりみあたむとケイきゅんって運命だと思うんだよね。ゲーム好きでマニアックなところまで話が合うし。マリてゃじゃそんなの無理でしょ？」

「な……っ!?　そ、そんなことないわよ！　私だってゲームはやるし！」

「でもみあたむとかケイきゅんレベルじゃないよね？　実況してるゲームも有名どころばっかりだし、なんかにわかって感じ」

「はあぁっ⁉　ふざけんじゃないわよ！　確かに昔はそんなに興味なかったけど、ここ数年はけーたろのためにゲームをやりまくってきたんだから！　あんたとは熱意とか本気度の次元が違うの！」

その瞬間、バチッと芹香とラミアさんの間で火花が散ったように見えた。

さっきまでの騒々しい言い争いは収まったが、剣呑《けんのん》さは消えてない。いや、むしろ増大しているような雰囲気で、静かに視線を交わし合う二人に、俺は普通に恐怖を感じる。

「へえ、ゲームのことでみあたむに張り合おうだなんて、マリてゃもやるじゃん」

「けーたろのことに関しては、退くなんて選択肢はないから」

「言うじゃんマリてゃ。じゃあ白黒つけようよ。もちろんゲームで」

「望むところよ。ハッキリさせようじゃない」

マリエルさまが同期とゲーム対決――

字面《じづら》だけ見るとファンとしては楽しみしかないコンテンツなのだが、なんだろう……、今こうやって目の前で二人のやり取りを見ていたら、とてもじゃないけどそんな感想を抱く余裕はない。

「オッケー、勝負だね。って言っても、マリてゃの知らないようなゲームで勝っても、後でマリてゃがごねそうだから――」

「彼女のいる男に迫ってごねてるやつの言うセリフ⁉」

「あ、そうだ。ちょうどもうすぐＬｏＦのストリーマー大会があったよね。実況者とかＶＴｕｂｅｒが集まってやるバトルロイヤルのイベントで、確かマリてゃも参加予定だったはずじゃなかったっけ？」

「ええ、うちの事務所からはあんたと私って話だったわ」

「ちょうどいいじゃん、そこで決着をつけようよ。今回は三人一組のいつものルールじゃなく全員ソロでのサバイバルバトルだからちょうどよくない？」

「なるほど。確かにお誂《あつら》え向《む》きの舞台ね」

……ちなみに、そのストリーマー大会には俺も出場する予定なのだが、そのことは二人の頭からすっぽり抜け落ちているようだ。

「おっけー！　じゃあその大会で優勝した方が勝ち！　で、ケイきゅんのパートナーってことで文句ないよね？」

「え？　ちょ、ちょっと待ちなさいよ！」

そこまで割とすんなり進んでいた話だったが、ラミアさんの一言で芹香はギョッとしたような顔を見せた。ちなみに俺もだ。

「なに？　どうしたのマリてゃ？」

「いきなりなんで、けーたろのパートナーの座をかけるみたいな話になってんのよ！」

「マリてゃこそなに言ってんの？　そういう話の流れだったじゃん。ゲームの強い子が相応《ふさわ》しいんだから、勝った方がケイきゅんの彼女ってわけ」

「私はただあんたにわからせようと思っただけで、そんな勝負するわけないでしょ⁉　そもそも彼女は私だって何度も言ってるし！」

「あれ、やっぱり自信ないの？」

「そういうことじゃなく、けーたろを賭けの対象にするとかダメに決まってるでしょ！」

「芹香……」

ラミアさんのトンデモ発言に躊躇《ちゅうちょ》する芹香を見て、俺はちょっと感動する。

いつの間にか勝手に景品にされそうになっていたが、そういう理不尽にちゃんと対抗してくれてるのは普通にうれしい。

……そりゃそうだよな。勝った方が彼女とかそんなバカな勝負を受けるわけ——

「マリてゃのケイきゅんへの想《おも》いってそんなものだったってこと？　幼馴染とか聞いてたけど、やっぱり幼馴染って負けフラグなのかな？」

「はあああああぁっ⁉　ふざけんじゃないわよ！　やってやろうじゃない！」

「おいっ⁉」

——ない、と思ってたけど、秒でそんな考えが吹き飛ばされる。

「お、幼馴染が負けフラグですって……⁉　そんな何の根拠もない俗説なんて受け入れないから！　覚悟してなさいラミア！　捻《ひね》りつぶしてやるわ！」

「お、いいね。望むところだよ！」

さっきのあの躊躇はなんだったんだよとツッコみたくなる状況。変わらない笑顔のラミアさんと、対照的にメラメラと闘志を燃やす芹香《せりか》に、俺はガックリと肩を落とす。

……おいおいおい、勝手にそんな約束してもいいのかよ。ってか俺の意向は一切確認されなかったんだけど、ひょっとして人権ない……？

呆然《ぼうぜん》と眺めているしかない俺だったが、その時不意にラミアさんが何かに気がついたような顔をしたかと思うと、スカートのポケットからスマホを取り出した。

「あ、忘れてた。みあたむ今から打ち合わせだったんだ。じゃあそろそろ帰るね」

そしてそう言うと、笑顔のまま立ち上がる。

なんだか現れた時も唐突なら、去っていくときも唐突で、嵐のような子だ……。

「……ったく、それならさっさと帰りなさい。あんたが遅刻するとあんたのマネージャーからこっちに連絡が来ることもあるんだから」

「じゃあねマリてゃ。今日は招待してくれてありがとね」

「招待なんてしてないけど⁉　あんたがけーたろに会わせろってごり押しでやって来たんじゃないの！」

「あ、そうだ」

憤慨する芹香をスルーして、ラミアさんは俺の方へ振り向く。

そしてスマホを差し出すと「連絡先交換しよ」とごくごく自然に言ってきた。

その流れがよどみなさすぎて、俺はつい反射的にスマホを取り出し、連絡先の交換に応じてしまった。決して押しが強いわけじゃないが、なんだか逆らえないような圧があるんだよな、ラミアさんて……。

「じゃあまたね、ケイきゅん！　マリてゃは覚悟しててねー！」

「あんたこそ首根っこ洗って待ってなさいよ！」

言葉に反して和やかに去っていくラミアさんと、そのまんま刺々《とげとげ》しい芹香。

すっかり興奮している様子の芹香は、そのままラミアさんの姿が見えなくなるまでじっとその背中を見つめて——もとい睨《にら》みつけていた。

「……さあ、やるわよけーたろ」

やがて、芹香はそのままの体勢でポツリと呟《つぶや》いた。

「え、やるって、何を？」

「決まってるでしょ！　特訓よ特訓！　大会に向けてＬｏＦの練習よ！　早速今から始めるわよ！」

芹香は振り返り、燃える瞳を俺の方へと向けてきた。

その様子はやる気がみなぎっていたが、どこか雰囲気に鬼気迫るものがあって、俺は思わず身を引いてしまう。

「ラミアにだけは絶対に負けられない……！　今度の大会は絶対に優勝しないと……！これまでの人生で最大の勝負だわ……！」

メラメラと闘志を燃え上がらせる芹香。

もともとは交流メインのお祭り的大会のはずなんだが……、芹香の意気込みは尋常じゃなかった。その気迫があまりにすごすぎて、俺は思わずこう訊ねる。

「……なあ、なんでそこまで気合が入ってんだ？　なんというか、必死というか」

「はぁっ⁉　あんたさっきまでの話を聞いてなかったの⁉　私が負けたらあんたがラミアにとられちゃうのよ⁉」

信じられないものを見たという感じで、芹香が目を見開く。

「けーたろが私の彼氏じゃなくなるってことよ⁉　そんなの許せるわけないじゃない！

必死にならない方がおかしいわよ！」

「いや、そもそもそれはフリだろ」

「そ、そうだけど……！　ま、まさかあんた、ラミアが彼女でもいいって言うの⁉」

「んなこと言ってないって！　大体それも勝手に言ってるだけの話じゃないか」

「それでも許せないって言ってるの！」

「そこが引っかかってるんだよな。ラミアさんを諦めさせるのはいいとして、そもそもなんでお前が、俺が彼氏だなんてウソつく必要があるんだ？」

そう、そこだ。俺が当初からずっと引っかかってた疑問。

「ラミアさんを諦めさせるためなら他の方法もあるはずなのに、なんでお前が彼女のフリまでして必死になるんだよ。しかも挙句にＬｏＦで勝負とか」

「そんなの当たり前じゃない」

俺の質問に、芹香は何を言ってるんだといったテンションを見せる。

普通に当然の疑問だと思うのだが、芹香は訊《き》くまでもないといった態度で続けた。

「そんなの、あんたのことが好きだからに決まってるでしょ」

「え？」

「……はっ⁉　ち、ちが……っ！　お、おおお推しとして！　推しとして好きって意味だからね⁉　当然だけど！」

真っ赤になって両手をワタワタとさせる芹香。

……いや、そこまで焦《あせ》ることないだろ。俺も一瞬驚いたけど、すぐにそっちの意味だって気がついたし。というか、そっち以外の意味があるはずもないしな。

「お、推しのあんたがガチ恋地雷女にストーキングされてるんだから、ファンの私としては必死になるのは当然でしょ⁉」

じ、地雷……。仮にも同じ箱の仲間なのに散々な言い方だな、おい。

「あんたもマリエルが嫌がってるのに、ガチ恋リスナーにリアルで言い寄られてたらどう思うのよ！」

「え？　そ、そんなの許せん！　阻止する！」

「でしょ⁉　そ、そういうことよ！」

なるほど、そう言われたら確かにそうか。

俺だってマリエルさまを守るためならなんだってするだろうしな。……まあ、だからってマリエルさまが俺の彼女だなんて守り方は恐れ多くてとてもできないわけだが。

「そ、そういうわけだから、あんたはもちろん私に協力するのよ。私の特訓に付き合ってもらうからね」

まだ赤い顔のままビシッと指差してくる芹香。

とその時、不意に俺のスマホが鳴り、確認するとメッセの着信だった。

相手はラミアさんで、さっき教えたばかりなのに早速連絡してきたのかと驚く。

……でも一体何を――

「……うっ⁉」

「どうしたの？　……って、こ、これ……っ！」

メッセには写真が添付されていて、それを見た俺と芹香は固まってしまった。

……というのも、その写真がラミアさんの自撮りで、しかも……、その、服の襟を引っ張りながら思いっきり前かがみになってる体勢だったので、胸の谷間と黒い下着がチラッとどころじゃないくらい見えているというか……。お、大きい……！

ちなみに文面には『ケイきゅんが望むならみあたむはどんなポーズもＯＫだよ！　リクエスト受付中！』とあった。

……ど、どんなポーズも？　と、無意識にのどが鳴る。男なので。

「な、な……っ！　あの子はあああぁ……‼」

一方で写真を見た芹香の怒気はすさまじかった。これまた違う意味でのどが鳴る。

「けーたろ！　こ、こんないかがわしい写真はすぐに消しなさい！」

「え？」

「すぐに消す！」

促され、俺は思わず背筋を伸ばしながら写真データを消去する。

名残惜しくないと言えばウソになるが、それ以上に命が惜しい……！

「……上等じゃない。人の彼氏にこんなことまでするなんて……！　覚悟してなさい……！　こてんぱんに叩《たた》き潰してやるわ……！」

せ、芹香の闘志が赤から青い炎へと変わってる……！静かに、だけど確実に怒りが増してるのがわかって、なんだか俺が寒気がしてきたぞ……！

「けーたろ、多分今後もラミアから連絡は来るでしょうけど、あんたはちゃんと私の彼氏として振る舞うのよ。あの子に隙を見せたらどうなるかわかったもんじゃない……！」

「あ、ああ」

芹香に念を押され、俺は素直に頷《うなず》く。

正直彼氏役についてはやる意味があるのかと少し疑問なところは残っているが、それでも芹香の言う通りだとは思ったからだ。

……ラミアさんは、やっぱりヤバい。いや、人間としてどうとかじゃないぞ？　可愛《かわい》いしいい子だと思う。思うんだけど…………、愛が重すぎるのは確かだな……。

「さあ、早速今から練習よ！　負けられない戦いがそこにある！」

こうして、俺は大会に向け芹香に協力する事になったのだった。彼氏役として――……役とはいえ芹香の彼氏とか想像もしてなかったけど、仕方がない。

俺は早く早くと腕を引っ張る芹香を見ながら、バズるのもいいことばかりじゃないんだという当たり前のことを、今回で身に染《し》みて理解するのだった。

☆

「……ふう、休憩したらまた練習しないとね。こういう時、ソロモードでもちゃんと練習できるのがＬｏＦのいいところね」

一試合終えた私は、大きく伸びをして一息吐《つ》きながらそう呟いた。

あの後、暗くなるまでけーたろと特訓（久しぶりにけーたろと二人で過ごせた……！）した私は、けーたろの帰宅後も一人で練習を続けていた。もちろん、この後もちょっと休憩した後再開するつもりだ。

今ほどゲームへの熱意が高まったことは過去一度もなかった。

なにせけーたろの彼女の座がかかっているのだ。けーたろに近づきたくてゲームを練習し始めたときも熱心さはあったけど、大好きな幼馴染《おさななじみ》が他の女にとられる直接的な危険性がある今回は次元が違う。

「……ったくラミアめ。なんだってけーたろを好きになるのよ……！」

私はラミアの顔を思い浮かべながら毒づく。

同じ事務所の同期。性格は全然違うけど、人間的には嫌いじゃない。むしろ、あのつかみどころのない性格が不思議に心地よくて、いい子だなって思う。

……けど、けーたろのこととなると別！　けーたろにモーションかける女は友人だろうと誰だろうと敵だ！　容赦はしない！

だけど、あの性格だからこそ厄介だ。ちょっとやそっとじゃ折れはしないだろう。

せっかく私の彼氏だってウソまでついたのに、それでも平然と迫るってどういうこと？

そう考えると、ＬｏＦでの勝負で白黒つけるってなったのはラッキーだったかもしれないわね。

「………………ま、まあ、おかげでけーたろを彼氏だって堂々と言えたんだけど」

彼氏。彼氏……。けーたろが……。

ウソだってわかってても、考えただけで頬が緩む。頭の中がゆるゆるになる。

「だ、ダメ。妄想に浸ってる場合じゃないから」

この感覚はマズいと、私は頭を振って気持ちを切り替える。

ラミアはあらゆる意味で強敵なのだ。油断なんてしてられない。ゲームの腕だってすごいし、本気でやらないと勝てないのだから。

そもそもラミアは女の子として超ハイスペックなのだ。あんな地雷っぽい性格じゃなくてもっと素直で清楚《せいそ》な感じだったら、ひょっとしたら危なかったかもしれない。

可愛いし、女の子としての魅力は十二分にある。それにあの身体《からだ》。なんなのあの胸？　反則じゃない？　同い年のくせになんであんな差があるのよ！

「…………」

私は自分の胸元で手をスカスカと動かしながらこめかみを引くつかせる。

同時に、さっきのラミアの自撮りと、それを見たけーたろの反応を思い出した。

……別になんてことない。けーたろも男の子なんだから、胸に反応するなんて当然の話だ。当然、当然だけど……、やっぱり腹が立ってくる……！

「ま、負けてられない……！」

私は衝動的にスマホを手に取ると、さっきのラミアの胸チラ写真を真似《まね》て自撮りをし始める。

「……確かこんな感じで。こう前屈《まえかが》みになって……」

鏡を前にポーズを確認し、意を決して写真を撮る。そして一瞬迷いつつも、それをけーたろへと送信した。

冷静さを欠いているのは自分でもわかった。でもラミアへの対抗心が――自分の大好きな人へ迫る女への敵対心が恥ずかしさを上回っていた。

「ど、どうしよう……！　あんな写真送って、けーたろはなんて……！」

そして今更ながらにドキドキしてきて、私は自室内を無意味に歩き回る。

変だと思われたらどうしようという心配と、可愛いと思ってくれたらという期待がごちゃ混ぜになって自分でもよくわからない状態だった。

そして返信はすぐに来た。私は意を決してスマホを見る。すると、

『なんで睨《にら》んでるんだ？　俺何か悪いことしたか……？』

と、心配も期待も吹っ飛ぶような内容。

私は愕然《がくぜん》としながらその文面を眺め、そして改めて自撮り写真を確認する。

するとそこには恥ずかしさで笑顔の強張《こわば》った自分の姿が。

そして肝心の胸チラは、胸がなさすぎてポーズとして認識されなかったらしく……。

『何でもない！　今からオンラインでＬｏＦの練習に付き合って！』

私は遺伝子の敗北に半泣きになりながら、そう返信するしかなかった。

「ああもう！　何してんだろ私……！」

自分でもいろいろ空回ってるのがわかって泣けてくる。

そもそもこんな事態になったのだって私の空回りが原因と言えなくもない。

私がけーたろを彼氏だなんて紹介しなければ――いや、そもそももっと早くに告白して本当の彼氏彼女になれていれば――

「……素直に告白したら、けーたろはＯＫしてくれるかな」

私はポツリと呟《つぶや》くが、その瞬間顔が燃え上がるように熱くなった。

想像しただけで悶絶《もんぜつ》してしまい、私はベッドにダイブして転げ回る。

スマホにはけーたろから『今から⁉　さっきまでさんざん練習してたのにまだやるのか⁉』という返信が来ていたが、それを確認するのはようやく落ち着いた数分後のことだった。

第二章　推しとデートしてもらってもいいですか？

『それでは配信を始めていきますね。今日はＬｏＦのソロモードを挑戦していきたいと思います。その後はリスナーの皆さんと参加型を予定していますからお楽しみにしていてくださいね』

「……キャラちげぇ！」

俺はスマホの画面を見ながら、思わず一人でそうツッコんでしまっていた。

芹香《せりか》の家でラミアさんと出会った翌日の昼下がり。

俺は学校の空き教室で昼飯を食べつつＹｏｕＴｕｂｅを見ていたわけだが、昨日のこともあってラミアさんの配信ってのがどんなものか確認しておこうと思ったのだ。

あんなすごい人だったから、配信もまたフリーダムだったりするのだろうか――そう考えながら恐る恐る見てみたのだが、想定と全く違っていて驚いた。

ＶＴｕｂｅｒ名は九印《くいん》ラミア。その名の通り蛇がモチーフでそれっぽい尻尾が生えているのだが、そこは別にいい。問題なのはそのキャラクターだ。

端的に言うと『誰あなた？』状態だった。

……いや、それは中の人を知ってるから出る感想でしかないんだけど、それにしたって中身とキャラが違いすぎる！　最初別人かと思ったわ！

具体的には、話し方が超清楚な感じだった。ラミアという名前に反して和風な感じで服装も着物。ビジュアルは少女だが雰囲気も大和撫子《やまとなでしこ》という感じで、ものすごく落ち着いた感じの話し方をしている。

「……こんだけギャップがあるとか、ＶＴｕｂｅｒすげぇ……」

思わずそんな呟きが漏れるほど、キャラと中の人との落差がすごい。

共通点と言ったら黒い髪色くらいしかない。芹香とマリエルさまのギャップも相当だったけど、こっちはそれ以上だ。昨日が強烈だっただけに、なおさら。

「ラミアさんのリスナーが昨日の姿を見たら卒倒するんじゃないか……？」

こんな楚々《そそ》とした話し方をしてる人が胸チラ自撮りとか——……って、ダメだ。あのことは忘れないといろいろヤバい。

と、とにかく、ラミアさんのＶＴｕｂｅｒ姿はそんな感じで衝撃的だった。

とはいえ、実況もちゃんと面白くキャラも可愛くて、人気があるのは普通に頷ける感じだった。……まあ俺の最推しのマリエルさまほどじゃないけどな！

「しかし、この人に推されてるんだよな、俺」

推されてるっていうか、それ以上……？　改めて考えるとすごい話だ。

とはいえ、俺はその気持ちには応えられない。なんたって俺には大事な推し達がいるわけだから——って、推しと彼女は別では？　じゃあ彼女ならいいのかって、そんなわけもなくて……。ああ、なんか俺もガチ恋脳になってないか？　そこのところはちゃんと区別しないといけないのに、我ながら混乱してるぞ。

「誰に推されてるの？」

「うわっ⁉」

とその時、不意に背後から声をかけられて俺は思わずスマホを落としそうになる。

「あ、ごめんなさい！　ビックリさせちゃった⁉」

振り向くと、そこにはゆきが立っていてさらに驚く。

雪奈《ゆきな》のぞみ。通称ゆき。

俺のクラスメートであり、トップアイドルグループ『@ｎｇｅＬ25』のセンターを務めるトップアイドル中のトップアイドルだ。

俺の最推しでもあり、また俺を推してくれてもいる。

「ど、どうしてここに⁉」

俺は慌ててＹｏｕＴｕｂｅアプリを閉じる。ラミアさんのことはもちろん、彼氏役のことともゆきには知られたくなかった。変な誤解とかされても困るし。

……それにしても、マジでなんでゆきがここに？　ここは空き教室でわざわざ来るような場所じゃないから、俺に会いに来たとしか思えない。ゆきは俺の『推しとの距離感は適切に保つ』という考えに気をつかって学校では極力接触しないようにしてたのに。

「あ、うん、ごめんね。ちょっとケーくんに用事があって」

するとゆきは申し訳なさそうな顔でそう答えた。

別に接触が禁止ってわけじゃないからそれはいいんだけど、にしたってわざわざ空き教室に捜しに来てまでの用事って何だろう？

「えっと……」

俺が訊《たず》ねると、ゆきは少し言いにくそうに俯《うつむ》く。

なぜかほんのりと頬が赤いように見えるのは気のせいか？　と思っていたら、やがてゆきは意を決したように口を開いた。

「あの、実はケーくんにお願いがあって……」

お願い？　ゆきは言いにくそうだが、最推しアイドルからのお願いなんてファンとして聞かないわけにはいかない。なのにこうやって遠慮がちなところが性格の良さを表していてますます推せる。そして可愛《かわい》い。

「もちろん、俺にできることなら」

「け、ケーくんにしか頼めないことだから……！」

俺の返事に、ゆきは小さく深呼吸してから続けた。

「実は、その……。わ、私の彼氏になってくれませんか……？」

…………………………………………………………え？

「…………………………………………………………え？」

あまりに衝撃的かつ想定外な言葉に、俺の脳内がフリーズする。

身動き一つとれず、俺はジッとゆきを見つめ返すことしかできなかった。

「え？　あああああ！　ち、違う！　間違えた……！　そうじゃなくて役……！　そう、彼氏役になってほしいっていうつもりで……！」

するとゆきは今まで見たことがないくらい顔を赤くして慌て始めた。

……な、なんだ、彼氏『役』か。言葉足らずがすぎる。マジで焦《あせ》ったぞ……！

俺はその姿にようやくフリーズも解けて、ホッと胸をなでおろす。

ワタワタと両手を動かすゆきを見ながら慌ててるゆきも可愛いなと思いつつ、しかし腑《ふ》に落ちない感覚は残った。……なんでゆきが彼氏役？

「じ、事情を説明させてください！」

「ど、どうぞお願いします」

真っ赤な顔のままゆきが謎に挙手してきたので、俺も謎な受け答えをする。

傍《はた》から見たら非常に滑稽に見えるかもしれない光景だが、どうか生温かい目で見守ってほしい。俺もゆきも何かを立て直そうとして必死だったのだ。

「じ、実は今度ね、ちょっとした演劇をすることになって、私が恋人の彼女の役をすることになったの」

「え、ゆきが演劇？　まさか、ドラマ？」

それを聞いて、俺はにわかに色めきたつ。

今までゆきはドラマなどには出ていなかったから、もし出演するとなるとそれは大ニュースだ。ゆき推しの俺としても、決して見過ごせない。

「あ、ううん、違うの。そんな大したものじゃなくて、本当にちょっとした演劇で」

しかしゆきは手を振って否定する。ゆきが言うには、舞台ともいえないくらいの規模らしいが、それでもファンとしては注目だ。見たい。どこでやるんだろう？

「それでね、私は彼女の役をやることになったの。『憧れの男の子とお付き合いするようになった彼女』なんだけど」

「憧れの……？」

「うん。しかも私、そういった経験とかがなくて、上手《うま》く演じられるか心配で」

「そういった経験って？」

「彼女になった経験。彼氏とかいたことないから」

……いや、俺はあれだよ？　アイドルに彼氏がいるからってブチギレたりするような料簡《りょうけん》の狭い人間じゃないからな？　たとえ彼氏がいようが、俺は変わらず推しを応援する姿勢ですよ？

…………でも、なんだろう。正直なことを言うと、今ものすごく安堵《あんど》した自分がいる。

そっか、ゆきは彼氏いたことないのか。そっか……、一生推すわ。

「そ、それで！」

「は、はい！」

そんなことを考えていると、ゆきがさらに前のめりになってきた。

「ちゃんと演じるために、そういう経験をしたいなって思ったの。でも、そういうことを頼める男の人なんていないし、そもそも憧れの人とお付き合いするようになったっていうコンセプトだから、ケーくんしか思いつかなくて……！」

「お、俺しか？」

「当然だよ！　ケーくんは私の憧れで最推しの人なんだから！」

……いや、その、それはわかってたことだけど、こう面と向かって言われるとやっぱりドキッとする。そりゃ最推しに最推しって言われてるんだもんなぁ……。

「あ、も、もちろんすごく恐れ多いことを言ってるってのはわかってるよ⁉　ケーくんみたいなすごい人にこんなことお願いするとか、失礼だってわかってるんだけど……！」

いやいや……、いやいやいや！

トップアイドルが一実況者に何を言ってるんだって話だ。恐れ多いって言うなら、そんなお願いをされる俺の方が恐れ多いわ！　俺なんかしか頼める人がいなくてごめんなさいってなぜか俺が謝りたくなってくるんですけど⁉

「で、でも、本当にケーくんしかいないって思って。もしケーくんに彼氏役になってもらって、彼女の勉強ができたらいいなって……！　……だ、ダメですか？」

「……ダメじゃないです」

俺は即答していた。っていうか、それ以外この場面でできる行動はなかった。

もちろん、俺の中にも葛藤はあった。推しのアイドルの彼氏役とか、距離感的にいったら絶対NGだし、そんなことでうれしがるなんてファンじゃない。

純粋なファンとは自らの存在を推しに気付かせず、ただただ元気を頂戴する日陰の存在
――それが俺の持論だった。

……だけど、だけど、だ。

ゆきにこんなお願いされて、断れる人間なんているか？　いるはずがない！

ゆきのお願いにはそんな葛藤なんて一瞬で吹っ飛ばすような破壊力しかなかった。

推し×上目遣い×ちょっと涙目＝最強。

「本当⁉　うれしい……！」

……ああ、この笑顔だけで生きていける。砂漠で干からびてても、ゆきの笑顔を見ただけで一瞬でよみがえる自信があるくらい尊い……！

っと、いかん、ちょっと舞い上がりすぎているぞ俺。ゆきはあくまで演技の勉強のために言ってるにすぎないんだから。俺も真剣に向き合わねば。

「……それにしても、まさか連日彼氏役なんて」

「え、連日って？」

「⁉　な、なんでもない！」

気を紛らわせるために呟《つぶや》いた独り言にゆきが反応してきたので、俺は慌てて口を噤《つぐ》む。

昨日の出来事は色んな意味で誰かに話せることじゃなかった。

「と、ところで、彼氏役って何をすれば？　セリフの合いの手とか？」

なんとか話題を変えたくて、俺はそう質問する。

演劇の練習ということはそんな感じなのだろうと思っていたのだが——

「そ、そのことなんだけど……」

俺は次に返ってきた言葉に、マジで一分間くらい放心してしまうことになる。

「……こ、こんどの休みに、で、でででデートの練習を……！」

▽

待ち合わせ。

それは日時と場所を決め、誰かと落ち合う行為である。

しかし携帯やスマホの登場によりその必要性は徐々に低下していき、わざわざそんなことをする状況は限られていった（俺調べ）。

その限られた状況の一つが、……いわゆるデートである。

「は、早すぎたか……？」

俺はスマホで時間をチラ見しながら、やや早足で目的地を目指していた。

休日の午後。向かうは高校近くの初めて行く公園。

何のためかというと、もちろんデートのためだ。……ゆきとの。

なんでこんなことになったのか。それは別に経緯をさかのぼる必要もないだろう。

「か、彼女の勉強をするためには、やっぱりデートが一番じゃないかって……！」

昨日、真っ赤な顔でそう言ったゆきは気絶するくらい可愛かったが、とはいえ彼氏役なんてものを引き受けたのは少し後悔している自分がいる。

……演技の練習ではあるけど、推しとデート（仮）なんて恐れ多い……！

とはいえ引き受けてしまった以上は推しのために全力を尽くさなければならず、とりあえず絶対に遅刻だけはできないということで、俺は早めに待ち合わせの公園へと向かっているところなのだった。

ちなみにどれくらい早めなのかというと、具体的に一時間くらい早くだ。

「万が一にもゆきを待たせるわけにはいかな――って、いる⁉」

とまあ俺は万全を期して公園に足を踏み入れたわけだが、待ち合わせ場所の時計の下には既にゆきが立っていた。もう一度時間を確認するが、やっぱり約束の一時間前。

「あ、ケーくん！」

「ご、ごめん、遅れて……はいないけど」

こっちに気付いたゆきが手を振って来たので、俺は慌てて駆け寄る。

ゆきより後になってしまったことに申し訳なさを感じつつも、頭の中には当然の疑問が渦巻いていた。

「なんでこんなに早く？　まだ一時間前だけど」

「だ、だってケーくんを待たせたりしたらダメだから。今日の、で、デートだって、私の方から無理にお願いしたわけだし」

かしこまるゆきに、俺はガクンと脱力しそうになる。

……だから、そういうのは全部俺の方が思うことなんだって……！

推しに気を遣われるのは非常に申し訳ない気分になる。でもゆきにとって俺が推しだってことも理解している。だからこの問題は永遠に水掛け論みたいになるのだが——

「……えへへ、来てくれてありがとう」

……うぐっ！　やっぱりどう考えてもゆきの可愛さの方が尊くて、俺はゆきを待たせてしまった事実を申し訳なく思うのだった。

……二時間、いや、ゆきの性格を考えて三時間前には来るべきだった……！

「い、いや、お願いを引き受けたわけだから」

俺はそう言いながら、改めてゆきの姿を見る。

いつも通り帽子と眼鏡で変装はしているものの、溢《あふ》れ出《で》るトップアイドルのオーラは隠しようがなかった。私服のゆきを見たのは初めてじゃないけど、何度見ても感動してしまう自分がいる。

これ絶対課金コンテンツだろ……！　待ち合わせ場所があんまり人の多くない公園で本当によかった。街中だったら絶対声かけられてたわ……！

「そ、それじゃあ始めようか。これからどうする？」

俺はあまりに眩《まぶ》しすぎて、ゆきから目を逸《そ》らしながらそう訊《たず》ねた。

推しとフリとはいえデートしているという事実は、なかなか直視できるもんじゃない。

「あ、うん、そうだね。じゃあ……」

しかしゆきは、そこまで言ってなぜか言葉を切った。

……なんだ？　なにか言いにくいことでもあるのか？　俺はどんなことでもゆきが望むなら付き合う覚悟はできてるが。

「えっと……、ど、どうしよう。デートってどうすればいいのかな⁉」

「え？　な、なにか具体的にやりたいことがあったんじゃ？」

「こ、恋人と言えばデートだって思って……！　デートしたら彼女役の勉強になるんじゃないかって思ったんだけど、いざこうなったら何をしたらいいか思いつかなくて……！」

ま、まさかのノープランだと……⁉

いや、でもそういう経験がないなら仕方がないのかもしれない。経験がないからこそ練習が必要なわけだし。

「ど、どうしよう⁉　せっかくケーくんに付き合ってもらってるのに……！　あのその、ご、ごめんなさい……！」

焦《あせ》った様子のゆきが本当に申し訳なさそうで、そんなに謝られると逆にこっちがうろたえてしまいそうになる。

……ダメだ。ここは俺がゆきの力にならないといけない。推しが困っているんだから支えるのがファンの務めというものだ。

「落ち着いて。大丈夫だから。ゆきがこうしたいっていうのがないなら、今日は俺がリードする形で進めていくというのはどうだろう」

「え、ケーくんが？」

「ああ、それでも一応デートの形になるし、彼女役の勉強にもなるんじゃないかと」

「う、うん、きっとなると思う！　むしろそっちの方が勉強になるかも！　……段取りが悪くてごめんなさい。ありがとう、ケーくん……」

まだちょっぴり涙目だけど、それでも安心したように笑うゆき。

……よかった、なんとか力になれたみたいだ。やっぱり推しには笑っていてほしい。悲しい顔はしてほしくないからな。そのためなら何だってするさ。あと笑顔がマジ尊い。

「すごく頼もしいよ。やっぱりデートの経験とかあるからかな……？」

俺はそんなゆきの言葉にフッと小さく笑う。

……デートの経験だって？　自慢じゃないが全くない！

デートなんて単語、俺の人生の中では一度も登場したことがないレアキャラだ。だから当然、何をしていいのかなんてさっぱりわからん！

だけど、そんなことは言ってられない。なにせ推しに頼られているのだ。経験があろうがなかろうが関係なく、なんとかしないといけない。

「……そうだな、じゃあまずは軽く公園を散策しようか」

俺は内心の動揺を悟られないよう、努めて余裕ぶって口を開いた。

こうなった以上、手段は一つしか残されてない。

……その手段とはもちろん、過去にプレイしたギャルゲーを参考にすることだ！

デートに関する知識は、ギャルゲー関連でかろうじてある程度。だったらそれをなぞることくらいしか、俺に残された道はないからな……。

「公園を散策した後はカフェでお茶をして、それから水族館に行こう。そこでイルカショーを見て、最後に観覧車で夜景を見る……」

俺は昔やったギャルゲーの流れを思い出しながら口に出す。

うん、やっててよかったギャルゲー。男はいつだって人生における大切なことはギャルゲーで勉強するものだ。多分。

「あ、その流れ」

「え、な、何か問題が？」

とその時、ゆきが何かに気づいたように声を上げたので、俺はギクッとする。

……お気に召さなかったか？　や、やはりギャルゲー知識ではだめなのか？

そう思っていたのだが、問題点はもっとヤバいものだということがすぐにわかった。

「それってあれだよね!?　ケーくんが昔実況してた『ドキドキ☆マジカルサマーレッスン』っていうゲームと全く同じだよね!?」

「げっ!?」

というのも、今のがギャルゲー知識だってゆきに一発で見抜かれてしまったのだ。

……しかも俺でも忘れかけていたタイトルまで正確に！　どんだけ憶《おぼ》えてんすか！

「やっぱりそうだ！　女の子と仲良くなるゲームの実況で見たもん！　そっか、それを参考にしたんだね！」

「あ、あの、すいませんでした……！　ごめんなさい……！」

「？　どうして謝るの？　さすがすごい発想だなぁって思ったんだけど」

「ほんと、許してくださいもうしません……！」

　きょとんとした顔のゆきに、俺は平謝りするしかなかった。

　リードすると言いながらそんな力もないことや、仕方ないからギャルゲーに頼ろうとしたことなど、もうありとあらゆる意味で申し訳なかった。

　……ってか冷静に思い返すと、この近くに水族館も観覧車もねえよ！　ゆきの役に立ちたい一心とはいえバグりすぎだろ俺の脳味噌《のうみそ》！

「……実は、デート経験とかも全然なくて、それで仕方なく……」

　気付いたら俺は洗いざらい白状していた。推しの前で情けないことこの上ない。

　こうなったら失望されても仕方がないと覚悟していた――……のだが、

「え、ケーくんもデートの経験なかったの⁉　……そうなんだ。えへへ……」

　なぜか怒られるでも残念がられるでもなく、ゆきはうれしそうに笑っていた。

　な、なんだかわからないけど上機嫌そうで、助かった、のか……？

「……ありがとねケーくん。経験もないのにリードしようとしてくれて。私のためにそんなにまで……、ど、どうしよう？　私どうやってケーくんにお礼をしたらいいかな？　や、やっぱりここは課金しか――」

「だから、その課金癖はやめていただいてですね⁉」

隙あればお金を払おうとするゆきに思わずツッコミを入れる俺。その後、なぜか急にテンションが上がったゆきをなだめるのに少し時間がかかることになる。

「それで、えーっと、デートはどうしようか……」

やがてゆきが落ち着いた後、俺は改めてそう言った。

正直途方に暮れている感があったが、意外なことにゆきの反応は軽かった。

「あの、私ちょっと行きたいところを思い出したんだけど、それでいいかな？」

「え、もちろんＯＫだよ。ゆきが行きたいところがあるならそれが一番だけど、思い出したっていうのは？」

「うん、ケーくんのおかげだよ。ケーくんって女の子と仲良しになるゲームの実況もいくつかしてたでしょ？」

確かにギャルゲー実況も過去にいくつかやっているけど、改めてそれをゆきの口から言われるとものすごく恥ずかしい気分になるな……。

「それを見てた時に『ああ、こういうデートってなんかいいなぁ』って感じたのを思い出して、それを再現してみようかなって」

「なるほど、ゆきがそうしたいならそれが一番だと思う」

それを聞いて俺はうんうんと頷《うなず》く。

ギャルゲーを参考にデートをするという俺の無謀な試みがヒントになったのはむずがゆいけど、それがゆきの役に立てたというならかいた恥も無駄じゃなかった。

「ありがとう。……でも、まさかそれがケーくん相手にできるなんて思ってなかったからすごくうれしい……。あ、も、もちろん本当のデートじゃなくて勉強のためだけどね⁉︎ ケーくんとデートとか、そんなの恐れ多いことだから……！」

ワタワタと慌てるゆきを見て、こんな可愛《かわい》い存在がいるのかと悶絶《もんぜつ》しそうになる俺。

……大丈夫だゆき、そんな心配をする必要はないぞ。恐れ多いのは100％こっちだからな！ それに俺は推しとの適切な距離感を大事にする男。絶対に勘違いするようなことはないからそこも安心してくれ！

「じゃあそれでいこう。で、行きたい場所っていうのは？ 俺はどこでも付き合うから遠慮なく言ってくれ」

俺は緩みそうになる頬を必死に引き締めながら言う。

するとゆきはホッと安心したような笑顔を見せ（それがまた失神しそうなくらい可愛い。無限に推せる）、少しだけ遠慮がちに口を開くのだった。

「……なるほど、ここなら最適だな」

「うん。『お買い物デート』だからね」

そうして俺達がやって来たのはターミナル駅併設のショッピングモールだった。

ゆきが再現したいと言ったギャルゲーのシーンとは、主人公とヒロインがショッピングしながらデートするところ——つまり今まさにゆきが口にした『お買い物デート』というやつだった。

「特に何か買いたいものがあるってわけじゃないけど、恋人同士でゆっくり歩きながらウインドウショッピングしてるシーンがあって、それがなんだかすごく羨ましく思えて、そのシーンをケーくんが実況してるのを聞いてると、まるで私とケーくんがデートしてるみたいに思えてきて——って、な、何言ってるのかな私⁉　あ、あはは」

真っ赤な顔で誤魔化すゆきを、俺は直視できない。可愛すぎて。

……そんなことを思っていてくれてたとは、マジでゲーム実況しててよかった……！

「じゃ、じゃあ行こうか」

すぐに感動に浸りそうになる俺。だけどそんなことしてたらゆきのお役に立てなくなるので、気持ちを切り替えて歩き出そうとする。

「あ、ちょ、ちょっと待って」

だけどゆきに呼び止められ、俺は足を止めて振り向く。

「どうかした？」

「う、ううん、そういうことじゃないけど……。その、またお願いが……」

「ああ、そういうことなら遠慮なく言ってくれ。ゆきの勉強のために必要なことは何でも付き合うから」

「あ、ありがとう……。じゃあ、その……、手を……！」

「……手を？」

「て、手をつないでほしいなって……！　こ、恋人同士みたいに……！」

…………………………………………………………………………なるほど。

一瞬あまりの可愛さに脳神経が焼ききれそうになったが、寸前で耐える俺。

深く考えたらヤバいと思い、俺は無心で手を差し出す。ちょっと震えていたかもしれないが、そんなの気にしてる場合じゃなかった。

「あ、ありがとケーくん」

ゆきは差し出した俺の手をそっと握る。

ふわっと柔らかい感触がして、続いてきゅっと微かな力が込められる。

……ゆ、ゆきと手を……！　＠ｎｇｅＬ25はあんまりそういうファンサをしないってのに、これこそ課金もんだろ……！

俺は後で絶対ゆきグッズを買い増そうと心に決めつつ、しかしなんとか平常心を保つ。

これはゆきの勉強のためにしてることだ。舞い上がるわけにはいかない。

「じゃ、じゃあ今度こそ行こう」

「う、うん。よろしくお願いします……」

そうして俺達はショッピングモールへと向けて歩き出した。

その途中、握った手の力が少し強くなった気がしたが、それが無意識の俺によるものかはたまたゆきか、それさえも気にする余裕はなかった。

「うわー、広いね」

モールの中に入ると、ゆきは感嘆の声を上げる。

ここはエントランスホールが吹き抜けになっているから確かに広く見える。そのせいか人は多いけど混んでいるという感覚はなかった。

「今までここに来たことない？」

「うん、あるっていうのは知ってたけど、今日が初めて。ケーくんは？」

「家族と何度か来たことあるかな。それ以外では初めてだけど」

「そっか、じゃあ家族以外では私が初めてなんだね」

それは間違いなく何気ないセリフだったけど、結構破壊力のある一言だった。

……ゆきのことだからもちろん狙ってとかじゃないだろうけど、勉強なんてしなくても十分彼女役できるだろこれ……！

「そ、それで、どこへ行く？　何か欲しいものとか？」

俺は気を紛らわせるためも兼ねてそう質問する。

「そういうのは特にないから、適当に歩いて見て回りたいかな。あのゲームでもそうしてたから、どんな風なのかって」

するとそんな答えが返ってきたので、俺達は頷きあった後、とりあえず正面に向けて歩き出した。もちろん手は繋《つな》いだまま。

ゆきの速度に合わせて、俺は少しだけ歩《あゆみ》を緩める。今日の俺はゆきの彼氏役だ。そういった細かいところもちゃんと気をつかわないといけない。

そうして俺達はしばらくモールの中を歩いていた。

お互い無言で、決して気まずいわけじゃないけどかなり気恥ずかしくて、少なくとも俺は言うべきことが見つからない。そしてそれはゆきも同じらしく、さっきからチラチラとこちらに視線を送ってくるが、俯《うつむ》き加減で口は閉じたままだ。

……な、なんてくすぐったい時間。これがデートってやつなのか……⁉


「え、えっと、本当に買いたい物とかはないの？　ウィンドウショッピングって言ってたけど、あんまり見て回ってない気がするけど」

俺はちょっと耐えられなくなってそう訊《たず》ねる。

あくまでこれはゆきの勉強のためなので、ただ歩いてるだけでいいのかも気になった。

「あ、う、うん。大丈夫」

「でも、なんかあんまり楽しんでないような――あ、も、もちろん楽しむためにやってるんじゃないけど、それでも勉強になってるのかなって思って」

「ち、違うの、そうじゃなくて……！」

俺の言葉に、ゆきはカアァ……と顔を赤らめる。

「……け、ケーくんと一緒に歩いてるだけで楽しすぎて、これ以上どうしたらいいのかわからなかったから……！」

そしてそんな爆弾発言をかましてきたので、俺は一瞬脳の血管が切れるかと思った。

「で、デートってすごいね？　好きな人と一緒にただ歩いてるだけでこんなに楽しいものだったんだ……。ふわぁ……」

さらに追撃も忘れないゆきさん。

もちろんその『好きな人』ってのは推しって意味だとわかってるけど、それにしたってこのシチュエーションでそれは強すぎる。この場で転げまわって悶絶しなかった俺をマジで褒めてほしい。

「あ、ご、ごめんね？　私だけ楽しんじゃって。彼女役の勉強なのにただ満足してるだけじゃダメだよね」

いや、俺も既に一生分の満足をしたレベルだったが、それは口に出さなかった。

「ま、まあただ歩いてるだけじゃなくて、やっぱりなにか欲しい物を探した方がいいと思う。そっちの方がデートっぽいし、ゲームでもそうしてたし」

代わりに、俺はそんなことを言ってみる。

これはあくまでゆきの勉強のためにしてることなので、それに役立つ提案をするのが今の俺の役目だと思ったからだ。……いやマジで、このままだとただただゆきに幸せな気分にしてもらっただけの役立たずだからな俺……！

「あ、そ、そうだね！　さすがケーくん！　じゃあ、えーっと」

ゆきはその提案に素直に頷いて、キョロキョロと辺りを見回し始める。

よし、何か欲しいものが見つかったら俺が買ってプレゼントしよう。

……別にあれだぞ？　デートといえばそういう流れが当然という意味合いで言ってるだ

けで、別に幸せにしてもらったお礼だとかそういうことじゃないからな？

そういう意図は一切ないけど、ここはちょっと高い物とかの方がいいかもしれない。

そしたらこれまでもらった高額スパチャの返金にもなるし、自然な流れでゆきにこれまでのお礼もできるからな。

「あっ、あれ……」

そんなことを考えていると、ゆきが真っ直《ます》ぐに前を見つめながら立ち止まった。

俺もその方向に視線を向けると、そこにあったのは意外なもので、

「え、あれってゲーセン？」

そう、ショップとかではなくクレーンゲームとかが置いてあるゲームセンターだったので、俺は思わず目を見開く。

「うん、あのぬいぐるみ、可愛いなって思って」

しかしゆきはそう言って視線を外さない。

見ると手前のクレーンゲームの筐体《きょうたい》には同じ犬のぬいぐるみがぎっしり詰まっていて、どうやらゆきはそれに目を奪われているらしい。

「……えっと、取ろうか？」

「え、いいの⁉」

拍子抜けした俺の声に、ゆきはパッと振り向く。

いいもなにも、あれでいいのかってのが俺の感想なんだが。

正直な話、もっと値の張るものじゃないとお返しができないって気持ちはあった。

しかし、キラキラと輝く瞳をこちらに向けるゆきにそんなこと言えるはずもなく、俺は筐体に向かって歩き出す。

「大丈夫？　難しくないかな……？」

ゆきは心配そうに言うが、ゲーマーを侮《あなど》ってもらっちゃ困る。

俺はデジタル専門ってわけじゃなく、こういうアナログなゲームだってちゃんと心得てるからな。……っと、ほら簡単に取れた。

「すごい、すごいよケーくん！　わぁ……、ありがとう……！」

取れたぬいぐるみを手渡すと、ゆきはギュッと抱きしめながら感動していた。

設定は緩めだったしアームの強さも良心的で、ぶっちゃけ誰にでも取れるようなレベルだったからそこまで感謝されると逆にむずがゆいのだが、

「本当にうれしい……！　この子すっごく可愛《かわい》いよぅ……！」

ゆきの喜んでいる姿があまりにも尊すぎて、そんなのはもうどうでもよくなってしまった。……犬のぬいぐるみよ、ゆきの胸に抱かれるなんて、お前は世界一幸せなやつだ。

「……はぁ、デートってすごいね。彼氏にプレゼントしてもらうってこんなにもうれしいことだったんだ……。あ、も、もちろんケーくんは本当の彼氏さんじゃないけど、大事な人なことには変わりないから！」

……う、ヤバい。これはマジでヤバい……！

俺はにやけそうになる顔を隠すため、バッとゆきから顔を背けた。

「そ、そうか。お役に立てたならよかった」

「うん！　本当にありがとうね！　この子、ケーくんからのプレゼントなんだよね……。あ、ど、どうしよう？　そう考えたら大事すぎて、どう扱えばいいのかわからなくなってきちゃったかも……!?　と、とりあえず家宝にするのは決定として、か、貸金庫とか用意した方がいいのかな!?」

「普通に可愛がってやってください！」

相変わらずの推しへの過剰な反応にツッコミを入れる俺。

とはいえ俺もさっきまでの思考を思い返すと人のことは言えないのだが……。

「えへへ……、あなたの名前はケージロだよ」

ゲーセンを後にして、再びウィンドウショッピングへと戻る俺達。

ゆきは満面の笑みで、胸に抱いたぬいぐるみにそんなことを話しかけている。

名前の由来は明らかだったが、さすがに言及する勇気はないな……。

「と、とりあえずウィンドウショッピングは続けようか。それに他に欲しいものがあったら遠慮なく言ってくれ。プレゼントするよ」

俺はゆきの際限ない可愛さに感謝しつつそんなことを言う。

ゆきにさらに協力するためというのもあるが、これだけ喜んでもらえるともっともっと何かプレゼントしたいという欲求も強くなってくる。

とにかく推しの幸せのためならいくらでも出せるのがファンってもんだ。普通ならコンサートに行くかグッズを買うかスパチャを投げるかくらいでしかできない行為を、今はこうやって直接できるわけだから、そりゃハマりもする。

「あ、ううん、これ以上ケーくんからプレゼントなんてしてもらったら、申し訳なさすぎてどうしたらいいかわからないよ。この子だけでもう十分幸せなのに」

しかしゆきはそう言って首を振る。

遠慮とかじゃなく当たり前にそう言ってるのが伝わってきて、これが雪奈《ゆきな》のぞみなのだと全世界の人間に向かって叫びたくなる欲求に駆られたがなんとか耐えた。

「それよりも、実はしたいことがあるんだけど」

「したいこと？　何でも言ってくれ、協力させてもらうから」

「うん、あのね……」

ゆきは少しだけ言いよどむと、あははと恥ずかしそうに笑いながら続けた。

「次はね、ケーくんのお買い物をしたいなって思って」

「俺の？　でも、俺は買う物なんて何も……」

「実は、彼氏のお買い物を私が選んであげたいなって、そう思ったの。ほら、ゲームでもそういうシーンがあったから」

「ああ、そういえばそんなシーンあった、かな」

俺は昔実況したギャルゲーを思い出す。うろ覚えだが、確かにヒロインが主人公の買い物をしてあげる場面があったような気がする。

「うん、それがすごく彼女っぽいなって憶《おぼ》えてて、私もできたらいいなって。だから、次はケーくんのお洋服を選んであげたいって思うんだけど、ダメかな？」

小首を傾《かし》げながら訊ねるゆき。

そんな可愛い仕草でお願いされて断れる人間は、ファンでなくともこの世にはいない。

というわけで、俺が快諾するとゆきはうれしそうに「やった」と笑った。

そんなこんなで俺達は、ゆきの選んだアパレルショップへと入った。

「よーし、ケーくんに似合うお洋服を絶対見つけるよ！」

気合十分のゆき。一方で俺はというと、冷静さを保っているように見えて、ゆきに服を選んでもらえるという幸運に、心の中で神に感謝していた。

……役得とはいえ、こんな幸せがあっていいのだろうか？　なんか近いうちにデカい不運に見舞われたりするんじゃないか？

……いや、たとえそうだとしてもかまわん！　俺は甘んじて受け入れよう！　どんな困難が待ち受けていようと、俺はゆきに選んでもらった服を家宝にするぞ！

「ねえねえケーくん、こんなのはどうかな？」

そんなさっきのゆきと同じような次元のことを考えていると、服を探しに行ってたゆきが戻ってきた。

「どんなのでもゆきに選んでもらったものなら――……うっ」

だが振り向いて、その手にある服を見て思わず絶句してしまう俺。

白い無地のTシャツの中心におそらく犬と思われる不思議な生物が描かれていて、そこから出ている吹き出しには「にゃーん♪」という文字が。

……で、デザインがシュールすぎる。お洒落《しゃれ》な感じのアパレルショップなのに、なんでこんなネタっぽいキワモノ系の服が……⁉

「どうケーくん？　これ、すごく可愛いと思わない？」

しかしゆきは満面の笑みで、そんなネタTシャツをお薦《すす》めしてくる。正直俺はドン引きだったが、ゆきはマジで可愛いと思っているらしい。

さ、さすが俺の推し。常人にはない感性を持っている。いや、このセンスを理解できない俺の方が間違ってる可能性もあるな。よく見るとこの絶妙に崩れた感じの輪郭とかが可愛い……、かもしれない。

「う、うん、いいんじゃないかな。たぶん」

「だよね⁉ ここのお店、こういう可愛いデザインの服がいっぱいあるみたいで、ケーくんに一番似合うのを選ぶね！」

こんなのがまだあるのか？ という言葉を寸前で呑《の》み込みながら、俺は頷《うなず》く。

……うん、ゆきが楽しそうならそれでいい。推しに選んでもらったものなら、どんな微妙なデザインだろうと家宝にするのは変わらないからな。

と、そんなこんなで俺とゆきはしばらくの間、俺に似合う服選びをしていたわけだが、

「……そういえば、ゲームでのここのシーンって面白かったね」

ある時ふと、ゆきが思い出したようにそんなことを言った。

「面白かったって、何かあったたっけ？」

俺は思い返そうとするが、うろ覚えで記憶があんまりハッキリしない。

「うん、実況してたケーくんのツッコミとかが面白かったんだよ。『いやこんな展開ありえねーだろ』とか言って、なんか変なイベントが起きたんだよね。確か……、そうそう、彼氏が彼女の下着を選ぶイベント」

ゆきの言葉に「あーそんなのもあったなー」と思い出した俺だったが、次の瞬間ギクリと身体《からだ》が強張《こわば》る。

……待てよ、俺達は今そのギャルゲーシーンを参考にデートしてるわけで……。

「えっと……」

俺はおそるおそるゆきの様子を覗《のぞ》き見る。

すると、センシティブな話題のはずなのにまるで動じている気配がない。

相変わらずの笑顔のままで、それがなんだか嫌な予感を……。

「じゃあ私達も、そうした方がいいよね」

「ぶふっ⁉」

案の定、ゆきがそんなことを言い出したので、俺は思わず噴き出してしまう。

俺が微妙な空気を出していたのにものともしないなんて、さすがトップアイドル……！

……って言ってる場合じゃないだろこれは！

「どうしたのケーくん？　ゲームにそういうシーンがあったわけだから、参考にしてる以上は私達もやらないとダメだよね？」

「い、いやいや！　そこまでしなくていいから！」

もちろん俺はその言葉を秒で否定する。……が、

「そうはいかないよ。ケーくんのゲーム実況をトレースしてるんだよ？　完璧にやらないとケーくんに失礼になっちゃうよ。それに私、あのゲームの実況は本当に神シリーズだって思ってるんだから！」

むんっとこぶしを握り締めながら前のめりになるゆき。

瞳はキラキラと輝いていて、それは推しである俺について語る際に見せるいつも通りの表情だったのだが、やがてほんのりと頬を赤く染めると、

「それに、そういうのができるのってやっぱり彼氏彼女っぽいかなって実況を見てても思ったし。ケーくんは、どう思う？」

そんなどうとも答えられないような問いを投げつけてきたじゃないか。

「ど、どうと言われても……！」

「あの時ケーくんも面白そうに実況してたよね？　だったら参考にしてるんだから、私達もそれを再現しなきゃだよね！」

真《ま》っ直《す》ぐにこちらを見つめて、まったく躊躇《ちゅうちょ》することなくそう言うゆき。

その表情は純粋そのもので、恥ずかしさなんてかけらもない。冗談で言ってるわけでもなければ俺をからかおうとしているわけでもないようだった。

ゆきはただ彼女の勉強の一環としてがんばろうとしているにすぎない。そして俺は、そんな健気《けなげ》で真っ直ぐな姿に心を打たれる。

……そうだ、不純な動機で言ってるわけじゃないんだ。あくまでも純粋な意図によるもの。だったら俺がこの場で返す答えは一つしかない……！

俺は小さく深呼吸をしてから、意を決して口を開いた。

「いや、それはさすがにNGだと思う」

……って、当たり前だ！　こう答える以外あるか‼

いくらゆきのためとはいえ、越えちゃいけない一線ってものがあるんだよ！

ゆ、ゆきの下着とか……！　そんなのは想像するのもダメだ！　清純なゆきは頭の中でさえ汚しちゃいけないんだ！　俺はそういう下心的なものを持ってるような奴《やつ》らとは違うんだよ！　マジで純粋なゆきのファンなんだからな！

「あ、あのなゆき、ゲームではそういうシーンもあるけど、リアルで男が女性の下着を選ぶなんてのはマズいことでだな……。いくら彼氏彼女でもそれは同じで……」

俺は言葉を選びつつも、ゆきに思いとどまるよう説得する。

それがいかに恥ずかしい行為なのかということを念入りに説明しつつだ。

ゆきは俺の言葉に最初はキョトンとした顔をしていたが、やがて自分がしようとしていたことがどんなことか理解してきたのか、

「……あ、あはは、そうだよね。ご、ごめんね、変なこと言って」

やがて顔を赤くして、恥ずかしそうに謝ってきた。

どうやら完璧にゲームをトレースしなきゃって義務感で暴走していたらしい。なんとか我に返ってくれてよかったぜ……。

しかし、元はと言えば俺がギャルゲーの実況なんかして、ゆきの発想を歪《ゆが》めてしまったのが悪い。そう、全部俺のせいだ。反省しろ俺……！

「い、いや、下着とか普通に仲のいい間柄でも表に出すような話題じゃないからな。あれはゲームの世界だからで、リアルじゃあんなことはないよ」

「そ、そうだよね。ごめんなさい」

努めて冷静に返す俺に、ゆきはうんうんと頷いてくれた。

……ふう、よかった。なんとかゆきのピュアさは守られたようだ。

ファンとして推しのイメージを維持できたことを密《ひそ》かに誇りに思いながら、俺は胸をなでおろす。

「……って、誰だ？　こんな時に」

とその時、不意にスマホが振動したので、俺は取り出して確認する。

ゆきとの時間を邪魔された形になるが、今は不愉快さはなかった。逆にこの気まずい空気を少しでも変えるのにいいタイミングだと、俺は誰からのメッセかも確認せずにスマホの画面を覗き込む。

……が、これがよろしくなかった。

「…………うっ⁉」

俺は映し出された画像を見て硬直してしまう。

というのもそれはラミアさんからのもので、先日圧力に負けてメッセ交換をして以来さらに頻繁に送られてくる自撮り画像だったのだが、問題はそのポーズだった。

スマホをこっちに向けて、床に座りながらわずかに足を広げている。おそらく鏡を使って撮ったのだろうが、そんなことは今はどうでもいい。

……重要なのは、そんなポーズをミニスカでしているから、バッチリ写っているのだ。

その、し、白い、パン……、下着が！

しかも一緒に送られてきた文面には『ケイきゅんが全然リクエストしてくれないからみあたむから送っちゃいました★　もっと過激なのでもいいよん★』という、ものすごく頭痛がしてきそうなことが書いてある。

……よ、よりによって白い──じゃなくて！　ゆ、ゆきと一緒にいるこんな時に送ってくるなんて……！　こんなのゆきに見られるわけには──

「あ、誰その子？」

「…………!?」

だが、遅かった。

背後から聞こえてきたその声に、俺の背筋がピンと伸びる。

「うわぁ、可愛《かわ》い子！　ケーくんのお友達？」

恐る恐る振り向くと、そこには好奇心ありありのゆきの姿が。

バッチリ見られてしまったようで、その子は誰なのか教えてほしいという無言の圧がすごかった。……うう、こうなった以上、面倒だがラミアさんのことを説明するしかない。

「い、いや、友達とかじゃなくて、なんといえばいいのか……」

「すっごく可愛い子だったけど──……あ、も、もしかしてケーくんの彼女さん!?」

「ち、違う！　その誤解だけは断じて違うからな!?」

「だ、大丈夫だよケーくん。たとえ推しに彼女がいたって、私のケーくんへの想《おも》いは全然揺るがないからね！　あ、でもそのせいで配信が少なくなったら寂しいけど……！」

だあぁ！　言ってるそばから思いっきり誤解してるじゃねーか！

「そ、そうじゃなくて！　……えっと、そう！　この子は俺を推してる子なんだよ！」

「ケーくんを……、推してる……？」

俺はコクコクと頷きながら、ラミアさんについて全てをゆきに話した。

バズって以来の俺のファンになってしまったＶＴｕｂｅｒであること。

どうしてもリアルで会いたくなって、先日芹香《せりか》の家に押しかけてきたこと。

それ以来こうやって自撮りを送り続けてきていることや、その理由――俺の彼女になりたくてアプローチをしまくってきていることなど。

俺はとりあえず話せることは全部話した。

ただ、その過程で芹香の彼氏ということになってしまったことと、俺をめぐってラミアさんと芹香が勝負していることだけは黙っておいた。

それはなぜかって？　……今そんなことを話したら余計に誤解が深まりそうだし、そもそも言う必要もないことだったからだ。

「……そう、だったんだね」

俺の説明が終わると、ゆきは静かに頷《うなず》いた。

……が、なんか様子がおかしい。

さっきまではいつも通りの無邪気な笑顔だったのに、なぜか今はそれが消えて真顔になってる。あと、なんか謎のプレッシャーも……。

「つまり、ラミアさんというＶＴｕｂｅｒの人に推されて、それ以来ずっとアプローチされてるってことなんだよね」

「そ、その通りです」

「ケイきゅんなんて呼んじゃってるんだね、その子」

「あ、あの、ゆきさん？」

「うん、わかった。じゃあ負けるわけにはいかないよね」

「へ？」

いきなりその言葉に、俺は理解がついていけず間の抜けた声を出す。

「いや、あの、負けるわけにはいかないって、どういうこと……？」

「だから、その人もケーくんのことを推してるなら、私は負けるわけにはいかないよねってこと。私もケーくん推しなんだから」

……いやいやいや！　どういう流れでそんな思考になったのかまるでわからないんです

けど⁉　そもそも勝ち負けとかいう話じゃなくね⁉

俺はそうツッコもうとしたが、メラメラと闘志を燃やしまくるゆき相手に、とてもじゃないが口に出せなかった。

「彼女さんなら別によかったんだよ。でも、私と同じケーくん推しだっていうなら話は全然変わってくる。自撮り写真を送ったりなんて私でもしてないんだよ？　ケーくんを一番推してる私でさえ」

笑顔で言うゆきだったが、俺にはそれが笑ってるようにはとても見えない。

というか、そもそもゆきが言ってることが意味不明すぎるんですが⁉

「じゃあ、いこっか」

「え？　い、行くって、どこへ？」

突然の言葉に俺は慌てて訊《き》き返すが、ゆきはそれには答えず俺の腕を引っ張って、店から出て行くじゃないか。

どこか有無を言わさないような雰囲気で、俺はそれ以上何も言えないままゆきに連れられて歩き続けるしかなかった。歩くスピードも速く、ついていくのも一苦労だ。

そうしてやって来たのはというと――

「……えっと、なんでカラオケに？」

そう、モール内にあったカラオケ店だった。

ゆきに引っ張られたまま部屋に入り、なにがなんだかわからないまま席に座ってる俺。

一方でゆきはというと、早くもマイクを握って曲を検索していた。

「あ、もしかしてこれもデートの一環とか？　確かにカラオケっていうのもデートでは結構定番かもしれないし——」

「ううん、違うよ」

戸惑う俺の言葉をバッサリ否定して、ゆきは笑顔で俺の方を向き直る。

やっぱりどうにも笑ってるように見えない。なんでこんなにも迫力があるんだ……？

「……じゃあ、なんで？」

「私が一番ケーくんを推してるって示すためだよ」

「ごめん、よくわからないんですが……」

「今から私が歌うから、ケーくんに好きな曲をリクエストしてほしいんだ」

「はあ、リクエスト——……って、り、リクエスト⁉」

俺は驚きのあまり思わず席から立ち上がって叫んだ。

……だ、だって、あれだぞ⁉　あのゆきが、トップアイドルのゆきは俺のリクエストで歌を歌うって言ってるんだぞ⁉　これが驚かずにいられるか⁉

「うん、ケーくんの好きな曲をなんでも歌うから。もちろん私達の曲でもＯＫだよ」

私達の曲ってのはつまりアンヘルの曲ってことなんだろうけど、まさか本人が生で、しかも目の前で歌ってくれるだと……⁉

「聴きたい曲とかないかな？　あれば遠慮なく言ってね」

聴きたい曲なんてありまくるに決まってる。今までどれだけアンヘルの――ゆきの歌を聴いてきたと思ってるんだ。それがまさか目の前で、しかも独占で聴ける日が来るとは。

俺は高鳴る心臓の音を聞きながらゴクリとのどを鳴らす。

そして曲名を口にしようとして、だが寸前で耐えた。……あ、危ない！

「ま、待った！　なんで急にこんなことを⁉」

「だから、私がケーくんを推してるってことを証明するためにだよ。ケーくんの望む曲ならなんでも歌うから」

……うん、やっぱりラミアさんに刺激されて急にこんなことを。

「ケーくんは私のことを推してくれてるし、私がケーくんのリクエストに応えられることなんてこれくらいしかないから」

しかもリクエストの件《くだり》までしっかり意識した上での行動とは。

どこか必死な感じで言うゆきだったが、俺はブンブンと首を振る。

「いやいや、ゆきはプロだろ⁉　なのに、こんなところでやすやすと歌声を披露するなんてダメに決まってるじゃないか！」

そしてハッキリとそう返す俺。

正直なところゆきの生歌なんて命を懸けてもいいくらいのレベルで聴きたかったけど、俺はギリギリのところで耐えていた。

憧れの推しだからこそ自分を安売りしてほしくない——そういう崇高な想いを込めた言葉だったわけだが——

「どうして？　も、もしかして私が歌ってもケーくんうれしくない⁉」

「んなわけあるはずないんですが⁉」

「だ、大丈夫、ケーくんに楽しんでもらえるよう一生懸命歌うから！　ライブよりずっと緊張してるけど、ケーくん推しの気持ちを思いっきり込めるからね！」

「いや、おかしい！　言ってることがなにもかもおかしい！」

「それに、ラミアさんっていう人に対抗する手段はもうこれしかないから！　お願いだからケーくんの前で歌わせてください！」

「…………」

……だ、ダメだ。目がマジだ。これは何を言っても無駄だ。

すっかりラミアさんへの対抗意識に燃え上がってしまってるゆきに、正論なんて通じる気配はなかった。それだけ俺のことを推してくれてるってことなんだが、今はそれを喜んでいる余裕はない。こうなった以上、俺はゆきの望む通りにするしかなかった。

俺はおそるおそる、アンヘルの曲の一つをリクエストしてみる。

するとゆきは「ありがとう！　心を込めて歌うね！」と輝かんばかりの笑顔で応えた。

トップアイドル相手になんて罰当たりなことをしてるんだと頭を抱えそうになる自分をとりあえず無視して、俺はもう状況に身を委ねることにした。

目の前で、俺だけのために歌うゆき。

……うん、今すぐ人生が終わっても何の悔いもないな！

俺はそんなことを考えながら、あっという間にゆきの歌声に夢中になる。

その時にはもう俺の頭の中からはデートの件もきれいさっぱり消えていて、ただただゆきの神パフォーマンスに感動するばかりだった。

▽

「……や、やっぱり恥ずかしいかもだね、これ……」

「かもじゃなくて普通に恥ずかしいよ、これ……」

ゆきと俺は向かい合いながら、お互い顔を赤くする。

あの後、一通りのリクエストを消化した俺達は、ようやくといった感じで我に返りデートを再開することにしたわけだが、とりあえずカラオケで消耗した分の休憩も兼ねて、モール内にあるカフェへと入っていた。

今はそこの席に座っているところなのだが、休憩にしては実はあんまり休まってなかった。その原因というのが目の前のテーブルに置かれているものだったりする。

一つのグラスに二つのストロー。

しかもご丁寧にハート形に交錯していて、おまけにドリンクもピンク色。

そう、いわゆるカップル用ドリンクというやつを、俺達は注文してしまったのだ。

「で、でもこういうのは恋人同士だったら普通だよね」

もちろんこんなことになっているのはゆきの勉強のためなわけだが、普通か普通じゃないかと問われたら絶対後者だと思う。だって俺達以外のカップルでこんなの注文してる人っていないし。

けどこれも彼女役のためと、俺とゆきはそのドリンクを飲んだ。

その間俺の頭の中には「距離感……！　推しとの距離感……！」という言葉がグルグル回っていたわけだが、我ながら今更すぎて滑稽でしかない。

「け、結構美味《おい》しかったね、ドリンク。ケーくんのお口には合った？」

「あ、ああ、意外と悪くなかった気がする」

ゆきに訊かれて、俺はそう返す。ぶっちゃけ味わってる余裕なんかなかったけど。

推しとカップルドリンクをたしなんでしまったことに罪悪感を覚えていた俺に対して、ゆきの方は無事ドリンクを飲み切ったからか、少しリラックスした様子だった。

「……今日はこういう経験ができてよかった。今までこういうのってどうしてあるんだろうって不思議だったけど、好きな人と一緒だと恥ずかしいけどうれしいものなんだね」

そしてそんなことをいつもの柔らかい笑顔で言ってくれたものだから、俺はまた噴き出しそうになる。

……いや、もちろんその『好き』は『推し』って意味だってわかってるんだけど、それにしたってやっぱり破壊力が高すぎるんだって……。

「と、ところで、彼女役の勉強は十分できた？　他にやりたいこととかまだある？」

俺はゆきの無造作な魅力に耐えるため、視線を逸《そ》らしながらそう言った。

「あ、うん。実は最後にもう一つだけ……」

するとゆきはそう返して、行きたいところがあると続けた。俺はゆきのやりたいことに最後まで付き合うつもりだったので、当然だが快く了承する。

俺達はカフェを出てモールの上階へと向かった。ゆきが言うには、行きたいところというのはモールの屋上らしい。

「……へえ、結構綺麗《きれい》な場所だな」

で、屋上に出た俺はそんな感想を漏らした。

殺風景なところを想像していたが、緑があってガーデンみたいになってる一角もあり、なかなか広々としていて気持ちがいいじゃないか。

「う、うん、そうだね。景色もいいし」

ゆきの言う通り空が近いのもよかった。それに今は夕日で朱に染まってるのも雰囲気が出てる。ゆきの顔が赤く見えるのも、夕日のせいなんだろうな。

「それで、ここで何をすればいい？」

「え、えっと、それなんだけど……！」

俺の質問に、ゆきはなぜか目を逸らして言いよどむ。

しかしやがてチラチラと俺の方を見た後、ゆっくりと口を開いた。

「……き、キスシーンの練習をしてみたいなって……！」

「ああ、なるほどキス——き、きききキス⁉」

その一言に、俺は尋常じゃないほど慌てる。だって……、き、キスシーンだぞ⁉

「あ、も、もちろん本当にはしないよ⁉　ケーくん相手にキスだなんて、そんなのたとえ勉強のためだからってしていいわけないからね⁉　だ、大人気実況主のケーくんとキスとかしたら間違いなくファンに叩《たた》かれて炎上するし！　というか大切な推しにそんなことする子がいたら、私なら絶対許さないから！」

……必死な様子でそう語るゆきさんですが、それ一言一句俺のセリフだからね⁉

ゆき相手にキスとかしたら俺は確実に殺される。ファンが絶対に許さないだろうし、なんなら俺が一番許さんわ！　たとえそれが俺自身だとしてもな！

「お、落ち着いて。もちろんするフリだってのはわかってるけど、でもやっぱりキスはやりすぎじゃないか……？　どうしてそこまで……」

俺はなんとか冷静さを保ってそう訊《たず》ねる。彼氏役やデートはギリギリ許せたとしても、さすがにキスシーンはやめておいた方がいいと思ったからだ。

「そ、それは……。だって恋人同士ならデートの終わりは、やっぱりそうかなって。今日のデートはすごく楽しかったから、私が本当の彼女ならきっと、その……、き、キスをしたくなるんじゃないかなって……！　だから、その気持ちが知りたくて……！」

しかしゆきの意志は固そうだった。恥ずかしそうながらも真剣な目を真っ直《ま》ぐ《す》にこちらに向けて、意見を引っ込める様子は見えない。

……ああもう、こうなると俺はもう何も言えないんだよな。

ゆきはとても真面目なアイドルだ。推しである俺を前にしているといろいろタガが緩んで見えるけど、通常のゆきは何をやるにも一生懸命で妥協をしない。

今回のこれも、彼女役を完璧に務めあげるためにできることは何でもするという姿勢なのだろう。そんな姿を見せられたら、推す者としてはもう従うしかなかった。

俺が「わかった」と頷《うなず》くと、ゆきはパッと顔を輝かせる。

そして指示に従いゆきと向かい合うと、俺はもう覚悟を決めるしかなかった。

……いや、本当にキスするわけじゃないけど、そのフリでさえ推し相手となると平静を保てないんだって！　わかるだろ⁉

「じゃ、じゃあいくね？　動かないでね？　……ご、ごめんなさい！」

何に対して謝っているのか——たぶんまた恐れ多いとかなんとか思ってるんだろうけど——そう言ってゆきはゆっくりと顔を近づけてくる。

……可愛《かわい》い。間近で見るゆきの顔はもう目が眩《くら》むくらい可愛《かわ》いかった。しかもキスシーンだからかほんのり頬を染めてるのがまた可愛すぎる。マジで天使だろこんなの……！

ゆっくりと接近してくるゆきに、俺の鼓動は既に限界まで高まっていた。

耐えられずに思わず目をつぶる俺。すると逆にマジでキスをしてしまうかのように思えて、余計に心臓がバクバクとし始める。

……いや、ダメだ！　意識するな！　んなこと無理だってわかっててもがんばれ俺！

そうだ、これはあくまで勉強のためのフリなんだから！　ゆきが立派な彼女になるために必要な過程で――

…………………………………………………あれ？

その時、ふと俺はあることに思い至った。

キスの練習をするってことは、本番でキスシーンがあるってことなのか……？

もしそうなら、相手は？　というか今まで考えてこなかったけど、彼女役があるってことは彼氏役もあるわけだよな？　……それって誰がやるんだ？

そこまで考えて、俺の全身から血の気がサーっと引いていった。

ゆきが誰かわからない男とキスシーンを演じているところを想像しそうになって、寸前でそれを止める。だが、一度浮かんだ光景は脳裏にこびりついて容易には消えない。

……ゆ、ゆきのキスシーン？　いや、ゆきも芸能人なんだから仕事でそういうことをする可能性も……。でもそれは……！　ううううう……っ！

「うわっ⁉」

とその時、不意に着信音のような音が鳴り響いたので、俺は思考を断ち切られて思わず弾《はじ》かれたように目を開いた。

慌ててスマホを取り出すが、何の変化もなくどうやら俺のではないようだった。でもこんな近くから聞こえるということは――

「もしかしてゆきの――って、ゆき⁉」

俺はゆきの方へと向き直るが、その瞬間目を見開いた。というのも、

「……はにゃ、ふにゃ……」

なぜかゆきが真っ赤な顔で目を回しながらフラフラと倒れそうになっていたからだ。

俺は咄嗟《とっさ》にゆきの身体《からだ》を支えると、何度か名前を呼びかける。

するとしばらくして目の焦点があってきて、俺に抱きかかえられていることに気がつくと「ご、ごめん！」と慌てて立ち上がった。まだちょっと足がフラついていたが。

「……け、ケーくんに顔を近づけただけですごくドキドキしちゃって……！　これがキスシーンだって思うとなんだか頭がクラクラしたから……！」

そしてそんなことを言うものだから、今度は俺の頭がクラクラしてきた。

……こんな可愛い存在がこの世にいてもいいのかよマジで……！

「と、ところでなんかスマホが鳴ってたけど」

俺はゆきの可愛さ（凶器）になんとか耐えつつ、話題を変えるためにそう言った。

「え？　あ、ほ、本当だ！」

するとゆきはスマホを取り出して確認する。着信音はもう鳴りやんでいた。

「ちょっとごめんね」

そう言って少し離れてスマホを耳に当てるゆき。どうやらさっきの着信相手にかけ直しているようで、何か小声で二言三言話してからこちらに戻ってきた。

「お待たせケーくん。実はね、急で申し訳ないんだけど、今からケーくんに紹介したい人がいるんだけど、いいかな？」

「今の電話の相手？　いいけど、誰なんだ？」

「あ、うん、えっと……、今度の演劇の彼氏役の人かな」

「え⁉」

その言葉に、俺はドキリとする。さっきまでの思考を思い出したからだ。

しかしゆきはそんな俺の反応を気にした様子もなく笑っている。しかもその表情がどこか楽し気に見えて、ますます俺の心中は穏やかじゃなくなっていく。

……か、彼氏役って、どんな男なんだ？　ゆきもなんだか上機嫌だし……。

「実はもうすぐここに来るんだ。ケーくんに会うのが楽しみだって」

ニコニコと笑顔なゆきに、俺の心のモヤモヤが一層大きくなっていく。

……なんかそいつと妙に親し気じゃないか？　い、いや、だからどうだって話じゃないだろ？　俺は推しの全てを受け入れる覚悟なんだ。たとえゆきに親しい男がいてそいつが彼氏役をするとしても、そんなことでモヤモヤを感じる道理はないはずなのに……！

「あ、言ってたらもう来た！　もう、早いよー」

そんな後ろめたい思考をしていると、ゆきが何かを見つけたように俺の背中越しの相手にブンブンと手を振った。その弾んだ声に、さらに心がざわつく俺。

次第に背後に誰かが近づいてくる気配がして、俺はついに覚悟を決めて振り返る。

そしてそこにいたのは、サングラスをして帽子を目深《まぶか》にかぶったかなりハイセンスな感じの——……あれ？　じょ、女性⁉　ってかギャル⁉

「よっ、お待たせ」

「全然待ってないよ花梨《かりん》ちゃん。むしろ早すぎだよ」

「だってしょうがないじゃん。のぞみの一推しのケーくんを早く見たかったし。……で、この人がケーくん？　あれ、どしたのボーっとして？」

俺は呆然《ぼうぜん》とそのギャルを眺める。あまりに想定外な人物の出現に、軽くフリーズしてしまったが、すぐにあることに気がついた。……あ、あれ？　この人……。

「ケーくん、この子が紹介したかった人だよ」

「ちょ、ちょっと待った。まさかこの人って」

「うん、私と同じグループメンバーで親友の一ノ瀬《いちのせ》花梨ちゃん。知ってるよね？」

……し、知ってるも何も……！　ゆきと同じ@ngeL25の人気上位五人――通称五大天使と呼ばれるうちの一人、トップアイドルの一ノ瀬花梨⁉

「はじめましてー、一ノ瀬花梨でーす。いつもうちののぞみがお世話になってるよね」

「は、はじめまして！　天宮啓太郎《あまみやけいたろう》――あ、実況者のケイです！」

まさかの人物の登場に混乱しつつも、俺はなんとか挨拶を返す。

ま、まさかこんなところでグループメンバーに会えるなんて……！

俺は基本的にゆき個人推しだが、そのグループであるアンヘルも推している。だから一ノ瀬花梨に会えたことにメチャクチャテンションが上がってるのだが、しかし同時に疑問も湧いてくる。……なんで彼女がここに⁉

「急にごめんねケーくん。実はケーくんのことは花梨ちゃんに話してて、ずっとリアルで会わせろ会わせろって言われてたんだ。だから今日、このデートの練習のついでにっていうことになって」

「そ、そうだったのか。……って、そういえばさっき彼氏役とか言ってたけど」

「うん。それが花梨ちゃんだよ」

その質問にゆきはサラッと返すが、俺は「え!?」と驚く。

「か、彼氏役って、男じゃなかったの……?」

「え、違うよ? そんなこと一言も言ってなかったと思うけど」

「で、でも演劇でって……。本格的なものだからてっきり……」

「演劇って何? のぞみ、あんたがそう言ったの? グループでやる小さな舞台でほとんどお遊び程度のものなのに」

一ノ瀬さんのツッコミに、ゆきは「でも演劇は演劇だよね?」と返すが、俺はそれを聞いて心の中で「ええええええ!?」と叫んでいた。

……なんだ、そういうことだったのか……! なんだ……。

安心すると同時に脱力してしまった俺は、思わず膝から崩れ落ちそうになる。

「そんなことより、ふーん、これが噂《うわさ》のケーくんかー」

そんな俺を、一ノ瀬さんは興味津々《きょうみしんしん》な感じで——というかまるで値踏みするようなニヤニヤした表情で眺めてくる。

なんでそんな視線を向けられるかよくわからなかったけど、俺はなんだか妙に疲れて、もうどうでもいいやって感じになっていた。心の中ではただただ「よかった……」と、何がよかったのか自分でもよくわからない中で繰り返すばかり。

「ね、ね、ケーくんカッコいいでしょ⁉　今日もデートでね……！」

「あーはいはい、落ち着きなってのぞみ」

いかに自分の推しが素晴らしいか熱弁するゆきを、呆《あき》れた顔でなだめる一ノ瀬さん。

ゆきって普段はこんな感じなのかーとぼんやり思いつつ、いろいろあったけどどうやら彼氏役を無事完遂できたらしいことだけはわかって、俺は安堵《あんど》の息を吐くのだった。

☆

「それで花梨ちゃん、ケーくんの印象はどうだった？　もちろん花梨ちゃんもカッコいいって思ったよね？　まあ当然だよね、ケーくんだもん！　というわけで花梨ちゃんもケーくんのチャンネルのメンバーシップに入ろうね。あ、ＳＮＳのフォローも忘れちゃダメだからね？　ＵＲＬいる？」

「隙あらば布教すんなっての。……ったくもう」

私の言葉に花梨ちゃんは呆れた風に笑う。ケーくんのお話をしている時のお決まりの表情で、私はなんだかうれしくなる。

今私達は車に乗って事務所に向かっているところだった。

ケーくんのおかげでデートも大成功で、花梨ちゃんにケーくんを紹介することもできたし、今日は本当に楽しかったな……。えへへ。

「で、で、どうだった？　花梨ちゃんのケーくんへの感想は？」

「そんなウキウキしながら訊《き》かれたら、ダメなこと言えないじゃん。でもまあ、いい人そうだってのは感じたかな。うん、あれならまあ安心って感じ？」

「そうだよね！　やっぱカッコいいよねケーくんは！」

「のぞみ、さてはあんた人の話聞いてないね？」

さっきのことを振り返りながらケーくんのお話で盛り上がる私達。

なんだかんだで花梨ちゃんもケーくんに好印象を持ってくれたみたいで、安心っていうのはよくわからないけど、親友に認めてもらえたことに私は喜びをかみしめる。

「のぞみが入れ込んでる人が変なのじゃなかったのはよかったよ。あんたは推しのこととなると隙だらけになるし」

「それはもちろん、好きだから推してるんだもん！」

「……ほら、日本語能力がもうバグってるし。まあ、この目で実際にケーくんを確かめられたのは本当によかったけど？　でもマジで、リアルで会える関係だからってあんまりのめり込まないようにはしなよ？　今回みたいなのは、あんまよくないと思うし」

「今回みたいなのって？」

「デートだよデート。いくら練習のためだからって彼氏役とか、ちょっとやりすぎじゃない？　あんたはトップアイドルなんだよ？」

「……だって、ケーくんは私の憧れの人だし」

「はぁ……、そもそもこんなグループメンバーでやるお遊び程度の演劇で、わざわざ練習する必要なんてなかったじゃん。あんたのことだからそんなのでも真面目にやろうって思ったのかもだけどさ。それにしたって彼氏役とか、まるでケーくんとデートしたいから練習とか言い出したみたいで――」

「そ、そんなことないよ！」

私は花梨ちゃんの言葉を遮るように言った。

でも、否定はしたけど内心ではドキッとしてしまったのも事実だった。

ちょっとした演劇でも本気でやろうと思ったのは本当。

彼女とか彼氏とか経験がなくてわからないから練習しようと思ったのも本当。

でも――

……でも、その相手をケーくんにしてほしいなって思ったのは、正直に言うとよくなかったかもって、今になって思ったりしてる。

だってケーくんは推しだから。手が届いちゃいけない存在だから。

でも、そんな大好きな人が手の届く場所にいて、そして私を推してくれている。

そのことがうれしくてうれしくて、ついつい甘えてしまっている自分にもちょっと気がついていて、だから花梨ちゃんの言葉は図星だったりする。

ダメだってわかってるけど、でも我慢できない。

理屈ではわかっているけど、時々どうしても自分の気持ちが抑えられないときがある。

……私が本当はこんな悪い子だってわかっても、ケーくんは変わらず私のことを推してくれるのかな……？

「はぁ～……」

そんなことを考えていると、大きなため息が聞こえてきて、私はハッと顔を上げる。

「花梨ちゃん、最近ため息多いね？」

「誰のせい？　……まあいいけどさ。とにかく、ケーくんのこと、推すのはいいけど本気で好きになるのはやめときなよ？」

「本気で好きだから推してるんですけど？」

「そういう意味じゃなくて！　……わかるでしょ」

もちろん、花梨ちゃんがどういう意味で言ってるかはわかってる。

だから、私はこう答えるしかなかった。

「大丈夫だよ。そんな恐れ多いことできるはずないもん」

その答えに花梨ちゃんはいつも通りの呆れたような反応を見せる。

私はそれを見て笑いながら、ちょっとだけ、本当にちょっとだけ、胸がチクッと痛んだような気がした。

第三章　推しと一緒にコスプレしてもらってもいいですか？

「ふあぁ～……。眠い……」

俺は大きなあくびをしながらリビングのソファに腰かける。

ゆきとデートした翌日の昼下がり。

今日も学校は休みということで家でのんびりしているわけだが、正直寝不足だ。

その原因は、言うまでもなく芹香《せりか》だ。大会に向けての練習に連日オンラインで付き合わされ、睡眠時間が削られてるってわけだ。

……練習に付き合うのはいいんだが、熱心すぎて夜遅くまで続くのが困るんだよな。

昨日……、いや日付は今日？　なんて窓の外が白む頃までやってたわけで。

「……まあ推しのためだし、ラミアさんに勝たれるといろいろ面倒そうだからマリエルさまに協力するのは当然なんだけどさ」

にしても眠いものは眠い。

今日は特に予定もないし、昼寝でもして過ごそうか――そんなことを考えていると、リビングのドアが開いて誰かが部屋に入ってきた。

「お兄ちゃん、ここにいた」

やって来たのは妹の紗菜《さな》だった。

親父《おやじ》の再婚で半年前に新しくできた義理の妹だが、今では本当の兄妹《きょうだい》のようにすっかり打ち解けている。

表情の変化が乏しくて言葉もぶつ切りだからぶっきらぼうな印象があるけど、これが平常運転だ。うん、俺の義妹は今日も可愛《かわい》いな。

「……なにニヤニヤしてるの？　キモい」

……うん、まあちょい言葉が辛辣なところはあるけど、マジで仲良し兄妹だからな？

「で、お兄ちゃんは今何してるの？」

「別に何も。ソファに座ってダラダラしてるだけだ」

俺は言葉通りダラーっと背もたれに身体《からだ》を委ねる。他人には見せられないが、家族相手なら多少だらしない姿も晒《さら》せるというものだ。

まあ紗菜ならそんな俺を見て「うっとうしい」「生産性ゼロ」とかチクチク言ってくるかもだが、そんな罵倒は可愛いからノーダメだ。別にMってわけじゃないぞ？

「……ふうん」

　だが意外にも紗菜は特に何も言わず、そのまま俺の方へと近づいてきた。

「……えっと、何か御用で？」

　無言のままジッと俺を見下ろしてくる紗菜に、俺は訊《たず》ねる。

　が、紗菜はなぜかモジモジと身体を動かすばかりで「ううん……」とか「別に……」などとハッキリしない。

「何か悩みの相談とかか？　安心しろ、俺はこう見えてゲームの中で多くの女の子の悩みを解決してきた実績がある」

「……何も安心できる要素がないし、それを実績って胸を張れるお兄ちゃんがすごい」

「おいおいゲームを甘く見るなよ？　俺は大事なことは全部ゲームから学んだからな」

「……お兄ちゃんがお悩み相談した方がいい。カウンセリングの先生とかに」

　はっはっは、上手《うま》いこと言うじゃないか。ナイスジョークだ紗菜。でもそのちょっと本気で心配そうな顔はやめてね？　マジでちょっと傷ついちゃうから。

「で、何なんだよ。俺に用事があるんだろ？」

　俺はそっと今受けた心の傷を胸の奥にしまいつつ、そう訊ねる。

　すると紗菜はやっぱりモジモジするばかりで、何か言いたいことがあるのは明白だけど踏ん切りがつかないといった感じだった。

「……やっぱりいい」

その挙句、そんなことを言って去っていこうとする始末。

俺は呼び止めようとするが、その時不意にメッセの音が二重に響いた。俺のスマホと、紗菜の方にも同時に通知が来たらしい。

見ると、グループにゆきからのメッセージが届いていた。

内容は……、昨日のデートの件だ。彼氏役をしてくれた感謝が綴《つづ》られていて、すごく参考になったということと、今度改めてお礼をしたいということ。あと一ノ瀬《いちのせ》さんも喜んでいたということなどが書かれていた。

……いろいろ大変だったけど、ゆきのお役に立てたなら苦労した甲斐《かい》があったな……、と思っていると、直後にまたメッセの音が。

『彼氏役ってどういうことよ!?』

グループのメンバーである芹香からの返信だ。

続いて『私の知らないところで何やってたのあんた達!?』『デートって何!? そんなの聞いてないんですけど!?』『説明！　早く!!』など矢継ぎ早にコメントが飛んできて、その速さと『！』マークの多さに相当興奮しているのがわかった。

ゆきがそれに対し経緯を説明すると、今度は『なにそれ!?　私の彼氏役も忘れるんじゃないわよ‼』と言ってしまったものだから、今度はゆきの方が『どういうことどういうこと⁉』と逆に訊ねる展開に。

……な、なんかすごいことになってしまってるんだが。

俺が発言する隙がないまま、一連の出来事がグループメッセに晒されていく。

「…………………お兄ちゃん？」

「はっ⁉」

とその時、背後から異様なプレッシャーを感じて、俺は慌てて振り向く。

するとそこにはスマホを片手に無表情な顔をこちらに向けている紗菜の姿が……！

紗菜もこのグループメッセに参加しているので、ゆきと芹香のやり取りは当然見ているわけだが……、な、なんか怖いんですけど⁉

「……これ、どういうこと？」

「ど、どういうことと言われても、複雑な事情があって……」

起伏のない声で訊ねられ、俺は思わず背筋を伸ばす。

感情がこもってないのはいつものことだが、なんか今は迫力が違う……⁉

「そういえば最近お兄ちゃん、夜寝るの遅いのはなんで？」

「そ、それは、マリエルさまのＬｏＦの特訓に付き合ってるからで」

「もしかしてこの件と関係ある？」

ズバズバと切り込んでくる紗菜に、俺はタジタジになる。

別に隠すようなことじゃないんだけど、なんかすごい尋問されてるような空気になってるのはなぜだ……⁉　ってか、紗菜のやつ、怒ってるのか？

「……説明。全部。速く」

なんで紗菜がキレ気味なのか全くわからなかったが、俺はそう促されて「はいっ！」と返すしかなかった。……だって怖いんだもん！

俺はここ数日で起こった出来事を紗菜に話していく。

芹香の家に行ったこと。そこでラミアさんと出会ったこと。迫られて、仕方なく芹香の彼氏役になったこと。俺をめぐってＬｏＦの勝負が勃発したこと。

演技の参考のためにゆきから彼氏役をしてほしいと頼まれたこと。その実践として昨日デートに行ったこと。そこでいろいろあったことなど。

俺は洗いざらいしゃべった。

妹のプレッシャーに負けて情けないと笑いたいなら笑えばいい。実際にこの時の紗菜を目の前にして突っぱねられるやつなんて絶対いねーよマジで。

「…………ふうん」

一通り説明を終えると、紗菜はそう一言発して黙りこくってしまった。

相変わらず表情に変化はなく、いつも以上に何を考えているかわからない。

ただその雰囲気は明らかに不機嫌そうで、目の前にいる俺は非常に居心地が悪い。

俺は無言で何やら考え込んでいる紗菜を前に、判決を待つ被告人のような気持ちでただただ座っているしかなかった。

……いや、別に何も悪いこととかしてないんですけどね⁉

「お兄ちゃん」

やがて紗菜が顔を上げて、俺を見据えながら口を開いた。

思わず背筋を伸ばす俺。怒られるのか……？　と身構えたが、何を怒られるんだとセルフツッコミも入る。実況主としての振る舞いとか……？

「お兄ちゃんは今日暇？」

「え？」

「暇だろうからちょっと付き合ってほしい」

いやいや、まだ何も答えてませんけど？　暇なのはその通りだけどさ。

……ってか、なんでいきなりそんな？　さっきまでの流れは無関係なのか？

「つ、付き合ってって何に？　って、もしかしてさっきも何か言いたそうだったけど、そのことだったのか？」

「……そんなことはどうでもいいの」

ちょっとプクッと頬を膨らませる紗菜。

さっきまではなんかモジモジしてたはずなのに、一体なんなんだ。

「協力してほしいことがある。コスプレに付き合ってほしい」

コスプレという単語が出てきて、身構えてた俺はちょっと拍子抜けする。

なぜならそれは、紗菜にとってはいつものことだったからだ。

俺の妹はコスプレが趣味で、実は有名なコスプレイヤーでもある。ＳＮＳでは三十万人を超えるフォロワーを持ち、一部ではカリスマと呼ばれているらしい。

まあその評判は納得で、紗菜のするコスプレは本当にクオリティが高い。で、俺は時々そのコスプレを披露されて感想を述べたりとか写真撮影とかに協力しているってわけだ。

「ああ、コスプレか。もちろんＯＫだ」

なので俺は即座に快諾する。

てっきりなんか怒られるんじゃないかと思っていただけに、そのいつも通りのお願いにホッと胸をなでおろす。……が、すぐにちょっとした違和感に気がついた。

「でも協力って？　コスプレに付き合うのはいつものことじゃないか」

そう、わざわざ協力なんて言われたことが引っかかったのだ。

いつもはただ『付き合って』ってだけなのに。

「……今日はいつもとは違う。コスプレの『合わせ』に付き合ってほしい」

すると紗菜はそんな聞き慣れないことを言ってきたので、俺は首を傾《かし》げる。

「合わせってなんだ？」

「複数人で同じコンセプトのコスプレをすること。……つまり、今日はお兄ちゃんもコスプレしてほしい」

「え、俺も⁉」

そう、と頷《うなず》く紗菜に、俺は困惑する。

今まで何度も紗菜のコスプレは見てきたが、俺自身がコスプレをしたことなんて一度もなかったので、どう反応していいかわからなかったのだ。

「ま、待ってくれ。その……、合わせ？　だっけ？　なんだって急にそんなことをしようなんて思ったんだよ」

「……べ、別に、やりたいと思っただけ」

「俺は未経験者だぞ？　一緒にコスプレするなら誰か他の友達とかは……」

「そんなのいない。頼めるのはお兄ちゃんだけ」

……うぐっ！　そんな事言われたらなんか付き合わざるを得ないじゃないかよ……！

まあ紗菜《さな》はソロで活動してきたコスプレイヤーだからって意味で、ぼっちとか友達がいないとかそういうことじゃないいんだろうけどさ。

とはいえ、妹にそんな頼まれ方をされたら兄として断るなんてできるはずもない。

……それに、なんか今の紗菜からは有無を言わせないオーラのようなものも感じるんだよな……。無言で『断ったら許さない』って言われてるみたいで……。

「わかった、わかったよ。仕方ない、付き合ってやるよ」

俺はほとんど圧に負けるような形でそう返さざるを得なかった。

……まあしゃーない。他でもない紗菜の頼みだからな。

「でも俺、コスプレなんかしたことないからどうすればいいかわからないぞ？」

「それは大丈夫。紗菜が教える」

コクリと頷く紗菜に、俺は小さく諦めのため息を吐《つ》く。

まあ、カリスマコスプレイヤーの紗菜がいるんだ。変なことにはならないだろう。

「……っと、そうだ。肝心なこと訊《き》いてなかった。それで俺は何のコスプレをするんだ？

まさか女装とかじゃないよな」

「……そんなキモいの見たくない」

「俺だってごめんだわ！　だから確認したんだろーが！　……で、なんなんだよ」

俺がちょっと不貞腐《ふてくさ》れながらそう言うと、紗菜はなぜか口をつぐんだ。

そして頬を赤く染め、チラチラとこちらを見ながらモジモジと身体《からだ》を動かしていたかと思うと、やがてポツリと呟《つぶや》くようにこう言ったのだった。

「……こ、恋人。サナの、恋人になってほしい……！」

▽

「はー、いろんな種類があるんだな……」

俺は色とりどりの衣装を前にして感嘆の声を上げる。

アニメやマンガなどで見たことのあるコスチュームが所狭しと置いてあって、初めての光景に俺はちょっと感動してしまった。

「……ここは大きい店だからいろいろ置いてる」

隣にいた紗菜も店内を見回しながら、どこか自慢気にそう応じた。

俺達は今、コスプレ衣装の店に来ていた。正式名称は知らん。

目的はもちろん、俺がコスプレすることになったキャラの衣装を買いにだ。

「で、何だっけ？　そのキャラって」

「……さっきも言った。『フェアリープリンセス』の『ラック』。こ、恋人役」

俺の質問に、紗菜は顔を赤くしながら答える。恋人役という単語にちょっと気恥ずかしくなりながら、俺は家でのやり取りを思い出していた。

いきなり恋人役だなんて紗菜が言い出したもんだから、もちろん俺は面食らった。焦《あせ》ってどういうことか訊《き》き返すと、紗菜も焦って説明したんだよな。

その説明によると、フェアリープリンセスというアニメに登場する主人公の恋人キャラのコスプレをしてほしいとのこと。

フェアリープリンセスってのは紗菜のお気に入りのアニメで、その主人公である『リル』になりたいってのが紗菜がコスプレを始めたきっかけだ。

で、今回はそのバリエーションとして、恋人役とのコスプレ写真が撮りたいってのが今回の経緯というわけ。まあわかってみると納得のいく理由だ。

……とはいえ、その恋人役を兄である俺がやるってのがちょっとどうかと思うんだが、まあコスプレなんだから、深く考える必要はないよな。うん。

「ほ、本編でも大事な役だから、お兄ちゃんもそのつもりでやって」

「って言われても素人《しろうと》だからな俺は。そんな想《おも》い入《い》れがあるなら、やっぱりちゃんとしたコスプレイヤーさんとコラボとかした方がいいんじゃ——」

「それは嫌。お兄ちゃんじゃないとダメ」

……なんか珍しく即答されたな。

「……あ、えっと……！　よ、よく知らない人とコラボとか無理だから。お兄ちゃんじゃないとダメってこと」

「まあ、そうか。お前もぼっちの気質だもんな」

「……『も』って言わないでほしい。色んな意味で悲しくなる」

なぜか憐《あわ》れむような視線を向けられる俺。……なんで？

「……えーと、ラックの衣装はこれ。サイズは……、お兄ちゃんのはこれ」

そんな話をしている間に紗菜は目的の衣装を探し出し、パパっと俺に合うサイズのものまでピックアップしてくれていた。さすが、頼りになる。

他にも必要な小物なんかも見繕ってくれて、コスプレに関しては紗菜に任せておけば何も問題ないな。まあ、俺は素人だから任せるしかないんだが。

「……そういえば」

とその時、紗菜がふと何かを思い出したように顔を上げ、振り向く。

「そのラミアさんってどんな人」

そして唐突に、そんなことを訊いてきたじゃないか。

「な、なんだよいきなり」

「……そのお兄ちゃんに迫ってきたって女の人が、具体的にどんな人なのか聞いてなかったと思って」

「具体的にって言われてもな。そういう行動をする人としか……」

「どんな見た目の人？　写真とかあるの？」

「い、いや、ないぞ」

そう訊かれて、俺はちょっと言葉を詰まらせながらもそう返した。

別にウソをついてるわけじゃない。本当にないのだ。頼んでもいないのに何度も何度も送ってくる自撮り写真に関してもちゃんとログごと消してるし。

……ただ、中には昨日みたいな、その……、パンチラ写真というか、やけにセンシティブなものも少なくないわけで、この話題になると別に悪いこととかしてないのに、どうしても後ろめたい気分にさせられてしまう。

「……本当？　怪しい」

「ほ、ほんとだって。疑うなら調べてみるか？」

紗菜に疑念の目を向けられ、俺は自分のスマホを取り出す。

だが間が悪いことに、ちょうどその時メッセの着信を報《しら》せる音が響き、見るとラミアさんからだったので、俺は思わず「げっ⁉」と呻《うめ》く。

おいおいおい、間が悪いにもほどがあるだろ……！

「……ラミア？　開いてみて」

見せろと要求する紗菜に、俺は仕方なくその着信を開くしかなかった。

文章だけ……！　いや自撮り写真にしても比較的まともなものであってくれ……！

そんな祈りをこめる俺だったが、出てきた写真を見て見事に願いが打ち砕かれたのを感じた。ついでに隣の紗菜がグイっと身を乗り出してスマホを覗《のぞ》き込んできた気配も。

「…………これは？」

画面に映っていたのは、ラミアさんのネコミミメイド姿の自撮りだった。

ピースとともにカメラに向けられた笑顔が実に眩《まぶ》しい。

「い、いや、俺もなにがなんだか……」

そう答えるしかない。なんでネコミミメイドなのか、マジで意味がわからん。

一緒に送られてきた文面には『ケイきゅんのためならみあたむはいつでもご奉仕しますニャン★』とか書かれてるし、本気でわけがわからなさすぎて目が点になりそうだ。

……でも普通に可愛《かわい》いと思ってしまったのは内緒。

「その、なんだ……。つまりこういう人なんだよ。いろいろ自撮りして送ってきて……」

「……お兄ちゃんはこういうのが好きなの」

「いや、そういうわけじゃないぞ⁉　向こうが勝手に送ってきてるだけだからな⁉　もちろん、決して嫌いじゃないけど！」

……って、何を言ってんだ俺は⁉　正直な自分の性格が恨めしい……！

「…………………」

紗菜は再びスマホに目を戻し、ジッと見ながら黙っている。

俺はてっきり「……お兄ちゃんキモい。最低。不潔。もう話したくない」とか言われるのかと思って泣きそうになってたのだが……。

「あ、おい、どこ行くんだ？」

なぜか紗菜は無言のままいきなり踵《きびす》を返し、すたすたと歩き出したじゃないか。

ラミアさんについては特にコメントなし？　なんとも思わなかったのか？

「……ちょっと探し物。お兄ちゃんはさっき選んでおいたコスとかを買っておいて」

そんなことを考えていたら、紗菜はそれだけ言い残し、店の奥へと消えていった。

「……なんなんだ？　まあ、何事もなかったからよかったんだけど」

俺は安堵《あんど》しつつも、やっぱり少し腑《ふ》に落ちない感覚が残っていた。

何考えているのかよくわからないのはいつものことだけど、さっきの紗菜はそれに輪をかけて変だったな……。

俺は首を傾《かし》げつつも、言われた通り見繕ってもらった衣装やら小物を持ってレジへと向かうしかないのだった。

そうして買い物を終え店の前で待っていると、しばらくしてから紗菜が出てきて、そのまま俺達は次の目的地へと向かった。

やって来たのはこの前も撮影に使ったスタジオだ。

……まさか俺もここでコスプレをする日が来るとはな。

「そ、それじゃ、着替えて待ってて」

紗菜がそう言って更衣室へ向かったので、俺も着替えることにする。

さっき買ったばかりのコスや小物を取り出して着用していく俺。

……なるほど、よく見るとなんかファンタジーの冒険者っぽい服装なんだな。

想像してたよりも普通でよかったと胸をなでおろす。いやほら、コスプレ衣装ってなんか複雑な印象があるからさ。

「しっかし、こんなんで紗菜と一緒に撮影とかしていいのかね……」

俺はチェックも兼ねて姿見の前に立ちながら呟く。

ハッキリ言って、普段の俺がちょっと変わった服を着てるって程度の変化しかない。

超ハイクオリティな紗菜《さな》のコスプレと比べたら、……ってか出来合いのコスを着てるだけから比べられるレベルですらないのは一目瞭然なんだが、いいのかな。

そんなことを考えていたら、スタジオの扉が開く音が背後から聞こえてきた。

「……お、お待たせ」

「おー、お帰り。一応着替えたけど本当にこんなので――」

俺はそう言いながら振り向くが、その途中でピタッと動きが止まった。

「………ど、どうしたの？」

紗菜は俺にそう訊《たず》ねるが、それはこっちのセリフだった。

「お、おま……っ⁉　な、なんなんだその格好は……！」

「な、なにって、コスプレ……」

「いや、それはそうだけど……！　なんでネコミミメイドなんだ⁉」

俺はたまらず大声を上げる。それくらい驚愕《きょうがく》していた。

そう、なんと紗菜はネコミミメイドの姿をして戻ってきたのだ！

頭には茶トラのネコミミ。服装はフリルたっぷりのミニスカメイド服。そこから伸びた脚は白のニーソックスに包まれて――って、詳細に描写してる場合か！

「ど、どうしてそんな格好してるんだ⁉　合わせなんだから、お前はリルのコスプレをするんじゃなかったのか⁉」

想定外の事態に焦りながらも、俺は当然の疑問を口にする。

「…………なんか気が変わった」

だが俺の妹さまは、いともあっさりとそんなことを言い放った。

俺はあんまりな返答に本気で唖然《あぜん》とする。んなバカな……⁉

「べ、別にしないとは言ってない。合わせは後でちゃんとする。……でも、急にこのコスを試してみたいと思ったから着た。それだけ」

「それだけって、お前な……」

どんな気まぐれだよ……、と思わずツッコまずにはいられない。

というか、いきなりこんなことになった理由はアレしか考えられないだろ。

「それ……、さっき見たラミアさんの写真のせいなのか？」

「……ぎくっ⁉　な、なんのことかわからない」

「思いっきり口でぎくって言ってるじゃねーか！　リアルでそれを口にする奴《やつ》なんて初めて見たぞ⁉」

「い、言い掛かりはよしてほしい。証拠の提出を求める」

「証拠なんていらんわ！　誰の目から見ても明らかだろうが！」

ぐぬぬ……と、頬を膨らませる紗菜。こんなポンコツな妹の姿は初めて見た。

「……た、確かにいんすぴれーしょんを得たのは事実かもしれない」

そして結局認めてしまった紗菜。……何がしたいんだお前は。

「で、でもこれは、ある意味ではお兄ちゃんのせいでもある」

「俺のせいってなんだよ……」

「お兄ちゃんがあんな写真に鼻の下を伸ばしてるのが悪い。このままじゃお兄ちゃんがダメになると思って、サナは妹としていてもたってもいられず……」

「ま、待て待て！　なんかすごい論理の飛躍があった気がしたんだが⁉　そもそも、俺は鼻の下なんか伸ばしてねーよ⁉」

「……うそ。あんな写真をファンに送らせてニヤニヤしてた」

「向こうが勝手に送ってきたんだ！　俺がリクエストしたんじゃないからな⁉」

「じゃあ、うれしくなかった？」

「…………」

俺は黙る。……いや、その質問はズルいだろ。

「ほら」

「い、いやその訊《き》き方は悪意がある！　男だったらうれしいのは当たり前だ！」

「……力説して開き直られた」

「けど本質はそこじゃないだろ⁉　一般論としてはうれしいけど、あの写真は別に俺が望んだものじゃないわけで！　勝手に送り付けられて、俺も迷惑してるんだよ！」

「……………別に、サナはそのことに怒ってなんてない」

俺が必死に弁明していると、紗菜はポツリと続けた。

「お兄ちゃんがあんな写真を送らせたわけじゃないこともわかってる。向こうがお兄ちゃんのことを好きすぎてやってること。お兄ちゃんを責めようなんて思ってない」

「さ、紗菜……！」

てっきりここからお説教コースかと思っていたこともあって、俺はその理解のある言葉にちょっと感動してしまう。

「……けど」

「え？」

「あの写真に見とれてたのは事実。……反論は？」

「い、いや、見とれてたというかあれは……！」

「………………だ、だから、サナがネコミミメイドになるしかなかった」

「男の性《さが》というか条件反射というか、つまり仕方ないことで――って、……んん⁉」

いきなりの論理の飛躍に、俺は思わず紗菜の顔をまじまじと見る。

頰を赤く染めて、相変わらずの無表情ながらどこか恥ずかしそうな気配で視線を逸《そ》らしている紗菜。……なんか今、話の流れおかしくなかった？

「えっと……、なにが『だから』なのか理解できなかったんだが……」

「う……。だ、だから、あんな写真を受け取ってるお兄ちゃんのせいで、サナはこんなコスを着ないといけなくなったと……」

「いや、それが全くわからないんですが？」

「な、なんでわからないの。お兄ちゃんのバカスケベヘンタイ」

……なんか逆ギレされた。理不尽だ……。

こちらをむぅ～と睨《にら》んでいた紗菜は、こほんとわざとらしく咳《せき》ばらいをして続ける。

「あんな写真が送られてくるのはお兄ちゃんがああいうのを見たいって願望があるから。だからサナがその願望を満たしてあげるためネコミミメイドになった。別に負けたくないって思ったからじゃないから勘違いはしないで。つまりこんなコスをしたのはお兄ちゃんのせい。……以上」

珍しく早口でまくしたてる紗菜に、俺はポカンと口を開けるしかなかった。

……しょ、正直全然わからない論理なのだが……、ただ紗菜が俺のためだと思ってあんなコスプレをしてるってところだけは伝わってきた。

「……えっと、わざわざありがとう」

「……ん」

お礼を言うと、紗菜は頰を膨らませつつもどこか照れくさそうに頷《うなず》く。

「……サナもお兄ちゃんのチャンネル推しだから。へ、変なことになったら嫌だから」

そしてそんなうれしいことまで言ってくれたもんだから、俺はジーンと胸が熱くなる。

まあそれでもやっぱりネコミミメイドコスは意味不明だが、俺のことを思ってやってくれた行動だってだけでもう十分だ。

……いやはや、見てくれよ、これが俺の自慢の妹だぞ？　いつもは何でもズバズバ言ってくるけど、根はこんなにも優しいんだ。しかも可愛《かわい》い。

「……じゃあ、そろそろ始める」

「うんうん。……ん？　始めるって何を？」

俺が心の中で妹の素晴らしさを再確認していると、不意に紗菜からそんなことを言われたので、我に返って首を傾げる。

「……そんなの撮影に決まってる。コスしてるんだから、当然」

「それは、……確かに」

「ん。わかったらスマホを出して、どんどん撮る」

「あれ？　デジカメは？　コスプレする時はそっちで撮るんだろ？　前の時もデジカメを使ってじゃないか」

　俺が思い出しながら指摘すると、紗菜はまた少し顔を赤らめて、

「こ、このコスはスマホで撮る。お兄ちゃんのスマホで」

「なんで？」

「……もう、いちいちうるさい。お兄ちゃんの欲望を満たすためなんだから当たり前。つべこべ言ってないで早くする……！」

　早く早くと促してくるので、仕方なく俺はスマホをかまえる。

　……欲望云々《うんぬん》はまったくの誤解なんだが。でも紗菜がスマホで撮れって言うなら、俺はそれに従うまでだよな。

「……そういえば訊いてなかった。えっと、このコス、どう……？」

　スマホ越しに覗《のぞ》くと、紗菜は少し緊張した面持ちでそう訊ねてきた。

　このネコミミメイドの格好は、紗菜にしてみればシンプルな感じのコスプレだ。

　本気を出した紗菜のコスプレは、髪はもちろん目の色も変えて、一目見ただけじゃ紗菜

だってわからなくなるくらい本格的なもの。

けど今は、いつもの紗菜のままネコミミメイドになったたって感じなんだよな。

あ、もちろんそれが悪いってわけじゃないぞ？ ってかむしろ、すごくいい。もともと可愛い紗菜がますます可愛くなってるって感じで素晴らしい。確かにこれは写真で残しておかないといけないわ。

「ああ、いいと思う。すげー可愛いよ」

「…………………ん」

俺の素直な感想に、紗菜はコクリと小さく頷く。

その顔が赤く染まり、口元がほんの少しだけ笑っているのを俺は見逃さなかった。

「じゃ、じゃあポーズするから撮影してほしい」

ＯＫ任せろ。まあ紗菜はそのまま立ってるだけでも絵になるんだけどな。

俺が了承すると、紗菜はゆっくりとその場に腰を下ろす。

……お、座ってるポーズか。いいね。立ってる姿もいいけどそっちも可愛い。

ふむふむ、膝を立てて両腕で抱いて体育座りみたいな格好か。そこに頭をちょっと傾けて置くとか、さすが紗菜、可愛いポーズがわかってる。

さらにちょっと足も開き気味で、ミニスカと絶対領域をしっかり生かしてるのもポイン

トが高い。そのうえスカートの奥にチラッと見える白いパンツが絶妙なエロさを付け加えていて完璧な構図に——

「って待て⁉ お、おい紗菜《さな》、見えてる! 見えてるから……!」

「な、なにが? いいから早く撮って」

「撮っていいわけあるか! だからパンツが見えてるんだっての! もうちょっと足を閉じろ足を! それか斜め向くとか!」

「こ、これはその……、い、いわゆる見せパンだから大丈夫。そういうコスだし見えるのは普通。気にしないでほしい」

「き、気にするなと言われてもだな……。それに下着を撮影するのはさすがに……」

「さ、撮影だからこそ見えてもいい。だってさっきの写真だと見えてた」

さっきの写真? と言われてハッと気付く。

……た、確かにラミアさんが送ってきたネコミミメイド写真はパンチラしていた……。

ってか、あの人の送ってくる自撮りは全部そういう微エロ路線なわけで。そういうのもあるから余計にラミアさんの写真は残しておけないんだよな。

「だ、だからサナも問題ない。これは『撮影』だから」

真《ま》っ直《す》ぐにこちらを見据えながら言う紗菜に、俺はグッと言葉に詰まる。

……この件はツッコまれると俺が不利だ。それにカリスマコスプレイヤーの紗菜に撮影を盾にされるともう反論できない。……ああくそ！　こうなったら無心でやるしかない！

俺は改めてスマホをかまえ、紗菜の写真を撮っていく。

シャッター音が鳴るたび罪悪感が胸をかすめるが、なんとかそれを抑え込んで撮影を続ける。紗菜もそのたびにちょっと目が泳いでいたように見えたが、きっと俺が動揺していて見間違えたんだろうと無視した。

「……っ、次はこのポーズ」

そう言って次に紗菜がとった体勢は、四《よ》つん這《ば》いになって上を見上げるといったもの。ラミアさんはこのポーズで胸チラしていたが、紗菜の場合は物理的にできないのでその点は安心だった。けどスカート丈が短すぎて、またしても白いものが……。

そのことを指摘しても、紗菜は撮れの一点張り。

仕方なくシャッターを切り続けるのだが、なんかだんだん何をやってるのか自分でもわからなくなってきたぞ……。

しかしそれでも撮影は続けられる。

紗菜がするポーズは、どれもこれもラミアさんが送ってきた自撮りポーズの再現ばかりだった。

まるで対抗しているかのようだが、実際その通りなのだと思う。紗菜の発言からもそれは明らかで、恥ずかしさに耐えて撮影に挑んでいる表情からは、ほとんど意地のようなものさえ感じられた。

そうしていくつかのポーズを撮り終えたころだった。

「…………う、うう」

不意にそんな声が聞こえてきて、見ると紗菜の身体《からだ》がフラフラと揺れている。

足元が覚束《おぼつか》なくなっていて、顔が真っ赤で目がグルグルしかけているじゃないか。

まるで熱中症みたいな感じだが、まだそこまでの気温じゃないし……!?

「さ、紗菜？　どうした？　大丈夫か？」

「……も、もう無理……！」

へなへなとその場に崩れる紗菜。床にペタッと座り今更ながらにスカートを押さえる。

「……な、なんでこんな恥ずかしいこと笑顔でできるの……」

……どうやら恥ずかしさが限界を迎えて撃沈してしまったらしい。かなり無理をしていたらしく、顔は真っ赤なまま呆然《ぼうぜん》とした表情をしている。ぼんやりとしているのは、おそらくラミアさんの写真を思い浮かべてるんだろう。

やがて紗菜はまた立ち上がると、やっぱりフラフラとした足取りのまま俺の方へとやってきて、俺のスマホを指さしながら言った。

「……写真。今撮ったの。全部消して……」

「え？　ぜ、全部って、なんで？」

「こ、コスプレイヤーとして、納得いかない写真を残しておきたくない……！」

それはなんだかすごく意識高いセリフに聞こえたが、顔が赤いままだったので恥ずかしいから消してほしいって本音はまるわかりだった。

まあ確かに我に返ったら、見せパンとはいえ自分のパンチラ写真なんて残しておきたくないってのはわかるけど……。

「でも、それはさすがにもったいないような」

「……妹の恥ずかしい写真を残しておこうとする変態お兄ちゃん」

「お前がやらせたんだろ⁉　ってかそういう意味じゃなくて！　せっかくのお前のコスプレ写真なのに、全部消すってのはどうかと思ったんだよ。可愛いのは間違いなかったんだから」

「ま、また可愛いって……」

そりゃ可愛い妹が可愛いコスをしたら可愛いが過ぎるのは決まってるだろ。それでなくとも俺はコスプレイヤーとしての紗菜を推してるんだから、もったいないってのは普通の感想だ。パンチラ関係なくな。

「まあ俺も、その……、パンチラはどうかと思うから、そうじゃない写真はせめて残そうぜ？　せっかくのお前のコスプレ写真なんだからさ」

「…………ん」

その言葉に紗菜がコクリと頷いたので、俺達は二人で撮った写真を確認していく。

とはいえラミアさんをフィーチャーした構図ばっかりだったので、NGじゃないのを見つけるのは苦労した。

だけどやがて、一枚だけまともなのが出てきた。紗菜のネコミミがあまりに可愛くて、俺が思わず普通に撮ってしまったやつなわけだが。

「……これ、お兄ちゃんが？」

「あ、ああ、なんかいいなって思って」

「……これ、残す」

紗菜のお墨付きが出て、その一枚だけを残すことにして他は消去した。

納得したのか、紗菜はホッと一息つくと、そのまま「着替えてくる」と言って出て行ってしまった。

残された俺はもう一度残した一枚を見る。

するとやっぱりそれはすごくいい写真で、紗菜も納得したのだろう。俺は写真は素人《しろうと》だが、推しへの想《おも》いが撮らせた一枚かもしれなかった。

「……お待たせ。今度こそ合わせする」

それから数分して、紗菜がスタジオに戻ってきた。

コスもネコミミメイドからちゃんとフェアリープリンセスのリルへと変わっていて、なんだかホッとしたような残念なような……。

「……なんで微妙な顔してるの」

「な、なんでもない。俺の顔が微妙なのは元からだ」

「……こっちが悲しくなってくる」

俺は誤魔化しつつ、改めて紗菜の姿を眺める。このコスを見るのはこれで二度目だ。

……うん、この前も思ったけど、やっぱクオリティが半端《はんぱ》ないよな。

ピンク色のロングヘアに色を基調とした魔法少女の衣装。

髪や目の色はもちろん、輪郭さえも違って見えるんだからすごい。どこからどう見ても別人で本物のリルにしか見えない。紗菜の本気を出したコスプレはマジで次元が違うレベルなんだよな。カリスマって言われてるのもよくわかる。

「……で、どう？　このコス、ちゃんとできてる？」

「ああ、今日も完璧な出来だぞ」

紗菜の質問に、俺は思わずサムズアップして答える。

コスも可愛《かわい》さもパーフェクトで、こんなクオリティを目の前で拝めるなんて幸運としか言いようがないな。うん。

「……よかった。お兄ちゃんとの合わせだから、いつも以上に気合入れた」

紗菜はそう言って満足げにほほ笑む。

が、一方で俺はちょっと——いや、かなり微妙な気分でもあった。

……あ、勘違いするなよ？　紗菜のコスプレに文句なんてないからな？

そうじゃなくて、微妙なのは俺だ。紗菜の相手として『合わせ』をすることになってしまった俺が微妙なのだ。顔の話じゃなく。

「…………ううむ」

俺は改めて自分の服装を見返す。

既製品をただ着用しただけ。ウィッグもカラコンもメイクも何一つしていない。

もはやクオリティなんて単語を使う必要もない。紗菜と比べると雲泥《うんでい》の差《さ》すぎて、コメントのしようもないレベルだった。

「……お兄ちゃん、また微妙な顔してる。言っとくけど、お兄ちゃんの元の顔は微妙じゃない。表情の話をしてる。……どうしたの？」

「いや、こんなコスでお前と並んでいいものかと……」

俺は正直に今感じていることを告白するが、紗菜はそれを聞いて「なんだ」と拍子抜けしたような顔を見せた。

「気にすることない。お兄ちゃんはコスプレイヤーでも何でもないし、コスプレイヤーだとしても問題ない。大事なのは楽しむこととキャラになりきること」

「そうは言われても、お前と比べるとな」

「合わせをお願いしたこっちが大丈夫だって言ってるんだから、本当に気にしないでほしい。むしろちゃんと付き合ってくれるだけでサナはうれしい」

……おいおい、俺の妹は心まで天使なのかよ。

紗菜に励まされる形になって、俺はほっこりとした気分になる。

……よし、紗菜がそう言ってくれてるならもう気にするのはやめよう。コスプレに関しては、俺は紗菜の言うことに全面的に従うまでだ。

「そう言ってくれると救われるよ。ありがとな紗菜」

俺がお礼を述べると、紗菜は「……ん」とうれしそうに頷《うなず》く。

こんな天使な妹の願いをかなえるためにも、ネガってないでちゃんと合わせに向き合わないといけないな。

「よし、じゃあやるか。……で、俺は具体的に何をすれば？」

と、気合を入れたはいいものの、どうすればいいかわかってない俺。

「……ちゃんとサナが言う。ただ、さっきも言ったけどキャラになりきるってところだけ意識してくれればいい」

するとそう教えてくれたので、俺はなるほどと頷く。

「……じゃあ始めるから、お兄ちゃんはそこに立ってて」

紗菜《さな》は三脚にデジカメをセットし始める。俺は言われた通り、その正面に立った。

やがて、セットを終えた紗菜もこちらへとやって来た。

「そ、それじゃ、ポーズをとるから」

そしてそう言って、カメラの方を向き直る。

……俺はどんなポーズをすればいいんだ？　と思っていた時だった。

「え、さ、紗菜？」

突然紗菜が俺の腕に抱き着いてきたので、ちょっと慌てる俺。

「う、動かない。ちゃんとカメラの方を見て」

するとと紗菜に注意をされてしまった。……で、でもこんなポーズで撮るのか？

「い、家でも言ったけど、お兄ちゃんのキャラはリルの恋人役。だから、お兄ちゃんもそのつもりでなりきってほしい」

……た、確かに、言われてみればそうだったっけ。

わかってはいたことだけど、改めてこんな状態になると、なんというか気恥ずかしいというか……。兄妹《きょうだい》で恋人役だもんなぁ……。

チラッと横を見ると、紗菜の頬もほんのりと染まっている。やっぱり紗菜も恥ずかしいんじゃないか？

「さ、撮影するからカメラの方を見る。ちゃんと、真剣に……！」

だがそうダメ出しされ、俺は慌てて視線をカメラへと戻す。

……っと、ダメだ。そんなこと考えてる場合じゃないよな。紗菜は真剣にやってるんだから、こっちもちゃんとやらないと。

「えっと、次のポーズは倒れそうになるリルを支えるシーンだけど……」

「ああ、もしかしてあのシーンかな？　こういう感じだったよな？」

俺はそう言って、紗菜の背中に手を回しながら片膝をつく。

「え？　なんで？」

「あれ、間違ってたか？」

「う、ううん、あってる。けど、どうしてお兄ちゃんが知ってる？」

「どうしてって、こういうシーンがあったのをアニメで見たからだよ」

俺がそう答えると、紗菜は驚いたように目を見開いた。

このフェアリープリンセスっていうのは魔法少女モノで、一部では例外はあるものの基本的に少女向けのアニメだった。しかも放送してたのは数年前。だからなんで俺がそんなの知ってるのかって感じなんだろうが、答えは簡単だ。

「紗菜がコスプレを始めるきっかけになったアニメだって聞いたから見てみたんだ。一気見だったからさすがに固有名詞とかは覚えきれてないけどな。でも印象的なシーンはこの通りってわけだ」

「……サナがきっかけで見た？」

「ああ、普通に面白かった。結構熱いシーンもあったよな」

俺がそう言うと、紗菜はどこかボーっとした感じで俺を見つめる。

……な、なんだ？　少女向けアニメを見たから引いてるとかじゃないよな？

いいじゃないか別に。推しの好きなアニメなんだから見たいだろそりゃ！

「……うれしい。なんか気合入ってきた」

やがて紗菜はポツリとそう言うと、むんっとこぶしを握り締める。

そしてさらに距離を詰めてきて、ほとんど俺に密着するような体勢に。

どうやら引かれたりはしなかったようだが、それはそれとしてさすがに距離が近すぎないですか？

とはいえ、なぜか急に気合の入った紗菜に水を差すわけにもいかず、俺は気持ちを切り替え撮影に集中する。

シャッター音が鳴る中、演技とかはできないけど、せめて恋人役としての自覚だけはちゃんと持とうと思う俺。

「……も、もっとひっつく。こ、恋人だから」

「そ、そうだな。恋人ならもっとひっついてもおかしくはないな」

そんな会話もかわしながら、俺達は撮影を続けていく。

腕に抱き着くポーズから始まり、サナが後ろからハグするポーズや逆に俺が紗菜の肩に手をかけて抱き寄せるようなポーズも。

さらには俺が両腕で紗菜を包み込んだり、紗菜が俺の膝の上に座ったりもして、挙句の果てにはお姫様抱っこをするポーズまで。

恋人ということで、とにかく密着するポーズを繰り返す俺達。

「な、なあ、原作でこういうシーンってあったっけ？　俺、記憶にないんだけど……」

「え？　……も、もちろんある！　お兄ちゃんが覚えてないのは、その……！　こ、これが劇場版とか特典映像のシーンだから……！」

「そうだったのか？　そんなのもあったんだな……。じゃあ後で見てみないと――」

「そ、そんなことより撮影に集中」

俺の言葉を遮って、紗菜はカメラを見るように言ってくる。

……それにしても、やっぱり距離が近い。近すぎる……！

いや、別に妹相手だしポーズをとってるだけだし、意識する方がおかしいような状況ってことはわかってるんだよ。

でも、なんていうのか……、リルのコスプレのクオリティが高すぎて、なんか紗菜が相手じゃないような錯覚に陥るんだよな……！

俺はチラッと紗菜の顔を覗《のぞ》き見る。

やっぱり頭ではこれは紗菜だってわかっていても、姿が全然違いすぎて脳がバグってしまう。ただただものすごく可愛い魔法少女とイチャイチャしているようにしか感じられなくて――……って、ダメだ、この思考は危険だ……！

俺は認識が薄れないよう「これは紗菜これは紗菜……！」と心の中で繰り返す。

が、それでもなかなかドギマギは消えてくれない。……くっ、これがカリスマコスプレイヤーの力というものか……！

「……はふ。じゃ、じゃあそろそろ最後のポーズに」

一方余裕のない俺とは対照的に、やけに上機嫌に見える紗菜。

望んだ写真が撮れてるってんならいいことだけど、それにしたって満足そうだ。

「つ、次で最後か。どんなポーズを？」

もうすぐ終わるという安堵《あんど》に胸をなでおろしつつ訊《たず》ねる。

すると紗菜は、最後はスマホで自撮り風にすると答えた。なるほど、あえてスマホを使うってのもありなのか。奥が深い。

「それじゃ撮るから、……う、動かないで」

そんなことを考えていると、不意にほっぺたにぷにっとした感覚が引っ付いてきた。

「え……、ええ⁉」

見ると、紗菜の顔がものすごく近くにあるじゃないか。頬と頬をくっつけながらスマホを持った手を伸ばし、唖然《あぜん》としている俺を尻目に何度もシャッターを切る。

「お、おま、何やって……！」

「ら、ラブラブ自撮り。恋人同士の定番」

……そ、それはそうかもしれないけど、いきなりそんなことされたら焦《あせ》るだろ⁉

いや妹相手に焦る必要なんてないんだけど、今の紗菜は妹であって妹でないというか、いろいろ複雑なことになってんだよ！

「……ん、いいの撮れた……！」

そんな俺の心の叫びなど知る由《よし》もなく、紗菜は撮影が終わるとパッと離れてスマホを確認していた。俺に背を向けてるからどんな顔をしているかは見えないが、なんか耳が真っ赤になってるように見えるのは気のせいだろうか。

「……うん、じゃあ今日はこれで終わり」

「あ、やっと終わりか？　はぁー……、疲れた」

やがて紗菜はデジカメも確認し、それが終わると撮影終了を告げた。

俺はようやく気苦労から解放され、大きく息を吐く。

……なんか、あらゆる意味でドキドキしてしまったな……。

「……む、コスプレ撮影は嫌だったの？」

「そうじゃないって。緊張したってこと。恋人役とかもあったし」

「ふ、ふうん……」

俺の感想になぜか微妙にうれしそうな反応を見せる紗菜。

それから「着替えてくる」と言ってスタジオを出て行ったので、俺も元の服に着替えることにする。最初は違和感しかなかったけど、撮影を終えるとちょっとコスに愛着も感じてしまっている自分がいるから不思議だ。

「はー、でもまあなんとか終わってよかった……」

とりあえず、俺はタスクから解放されて大きく伸びをする。

無事に写真も撮れたし紗菜も満足してたみたいだし、兄として妹にちゃんと協力できたのはよかった。

……まあ、密着の構図ばっかだったから恥ずかしかったってのはあるが、そこはそういうコンセプトなんだから仕方ないよな――

「……あれ？　そういや撮った写真ってどうすんだ？」

その時、ふとそんな疑問が頭に浮かぶ。今までコスプレとか恋人役とかでそこまで思い至ってなかったけど、考えてみれば当然の疑問だった。

「お待たせ。……どうしたの？」

と、ちょうど紗菜が戻ってきたので、俺は今浮かんだ疑問を投げかける。

「もちろんアップするけど？」

「ええ⁉」

するとと当たり前って感じでそんな反応が返ってきたので、俺は驚いた。

「あ、アップってSNSに⁉　俺ごと⁉」

「お兄ちゃんも写ってるんだから当然。そもそも合わせの写真だし」

「で、でも俺は顔出しなんて配信でもしてないのに……！」

「大丈夫。目のところに黒い棒入れる」

「犯人かよ！」

「……そもそもSNSで見てもらわないとアピールにならないし」

「え？　今なんて――」

「な、なんでもない。大体お兄ちゃんの存在はもうSNSで言ってるしバズらせもしたんだから今更。お兄ちゃんって言わずに公開したら、この男の人は誰だってそっちの方が炎上する」

……た、確かに人気コスプレイヤーの紗菜《さな》ならそうなるが……。

説明に納得はするも、どこか釈然としない。別に顔出しできない理由があるとかじゃないんだけどさ……。

「それじゃあ帰る。帰ってアップしないと」

なんともいえない気分で立ち尽くしていると、紗菜は意気揚々といった感じでスタジオを出て行ってしまったので、俺も後に続くしかなかった。

で、その夜。

もう写真はアップされたのか、反応はどうなんだ——と、俺が自室で一人で悶々《もんもん》として いると、スマホからメッセの音が鳴った。

『あの写真どういうこと⁉ あれ妹さんでしょ⁉ あんたもコスプレして、しかもあんな密着して！ 私の彼氏役やってる時になにしてんのよ！』

『あれケーくんと紗菜ちゃんだよね！ 一緒にコスプレとかすごく楽しそう！ 今度私もコスプレってやってみたいな！』

見ると芹香《せりか》とゆきからで、どうやらコスプレ写真を見た反応のようだ。

……つまりアップされたってことか。ネットの反応がどうなってるか、ちょっと見るのが怖いな……。

と、そう思っていたのだが、ふとメッセをもう一度よく見てみると、さっきのほっぺた密着の写真が無修正でメッセに上がってるじゃないか。もちろん、アップしたのは紗菜。

「あ、あれ？ ＳＮＳとこっちにも送ったってことか？ ……いや、それにしては二人ともそんな発言はしてないような……」

俺は急いで紗菜のSNSを確認する。

だがそこには今日のコスプレ撮影会の写真など一つもアップされていなかった。

「帰ったらアップするって言ってたはずだが……」

しかし何度確認しても見当たらない。

俺は自室を出て、隣の紗菜の部屋へと向かう。

「……お兄ちゃん、なに？」

ノックして出てきた紗菜に、SNSの件を訊《き》いてみる。すると、

「……ああ、やっぱりやめといた」

そんな簡潔な答えが返ってきて、俺は「なんで⁉」と驚く。

「……お兄ちゃんはアップしてほしかった？」

「い、いや、そういう意味じゃない。だってお前、スタジオではSNSに上げる気満々だったから」

「…………よく考えたらしない方がいいって思った」

紗菜は俺の質問に「それだけだから」と答えてドアを閉めた。

「なんだそれ……。まあ、それならそれでいいんだけど……」

俺は廊下に立ち尽くしながら呟《つぶや》く。なんて気まぐれな……。

とその時、またスマホからメッセ音が鳴って、見ると芹香とゆきがさっきの写真について説明しろと言ってきた。

俺は返信しようとしたが、ふと首を傾《かし》げる。

「……なんでＳＮＳにはアップしなかったのに、メッセには写真を送ったんだ？」

……うーん、わからん。紗菜の考えていることがさっぱりだ。

「って、またかよ！　ちょっとくらい待てないのか！」

そんなことを考えている間にも、二人からはマシンガンのようにメッセが飛んでくる。

俺は紗菜の気まぐれの理由を考える間もなく、どうやってオブラートに包みながら今日のコスプレ合わせのことを説明しようかと頭を悩ませるのだった。

☆

「……ん、いい写真」

今日の合わせで撮った写真を見返しながら、サナは改めて満足。

お兄ちゃんとのラブラブ写真がいっぱい撮れて、自然とほっぺたが緩んじゃう。

「……えへへ、永久保存」

自然と漏れる呟きもどこか弾んで聞こえる。

今日は本当に合わせをしてよかった。もともとはお兄ちゃんが新しい女の人に言い寄られたり、それで勝手に彼氏役になったりデートとかしてたりすることに対抗するつもりで突発的にやったことだった。

でも、結果的にはそのおかげでラッキーだった。こんなにもいい写真がたくさん撮れたし、それになにより、

「……今日はお兄ちゃんといっぱいくっつけた……！」

合わせを理由にいっぱいイチャイチャできたのがよかった。

「……ふふふ、サナ頭いい。策士……」

思わず自画自賛してしまうほどの大成功。絶対にまたやろうと心に決める。

……ただ、一つだけ最初の予定と違ってしまったことがあった。

それは、お兄ちゃんとの合わせ写真を結局ＳＮＳにアップしなかったこと。

本当は牽制《けんせい》のつもりで上げる予定だった。

今回みたいに新しいお兄ちゃんのファンがもう現れないよう、サナとこんなにもラブラブなんだってことを全世界にアピールしようと思ってた。

でも、よく考えてみるとそれって危険かもって直前で気付いた。

だって考えてみてほしい。お兄ちゃんはカッコイイ。世界で一番カッコイイ。

そんなお兄ちゃんの写真をSNSに上げたら……？　新しいファンへの牽制どころか、余計にお兄ちゃんへ興味を持たせることになるかもしれない。

そんなことになったらまずい。……あれだ、ほんまつてんとーってやつだ。

そのことに気付いたサナは、SNSに写真をアップするのをやめた。

ただ、SNSには上げなかったけどグループメッセには投下した。

サナと同じようにお兄ちゃんを推すあの二人のライバルだけは、しっかりと牽制しておかないといけないって思ったから。

それに……、

「……こんないい写真、自慢したいに決まってる……！」

お兄ちゃんとのラブラブ写真。

どれも最高だけど、やっぱりこのほっぺたくっつけ自撮りが最高にいい。

ちょっと驚いた感じのお兄ちゃんに、恥ずかしそうだけどどこかうれしそうな自分。

まるで本当の恋人同士みたいで、これが役じゃなかったらとも思ってしまうけど、とりあえず今はこれで十分満足。

「……何時間でも見てられる。えへ、えへへへへ……」

何度も何度も写真を見返しながら、うれしさでベッドの上を転がる。

さっきからグループメッセから音がし続けてるけど、きっとさっきの写真について、お兄ちゃんが二人にいいわけか何かしてるに違いない。

「それはまた後で見返して楽しむとして……、えへへ」

永遠に見飽きることがないんじゃないかって思えるくらい、今日撮った写真を眺め続けながら、サナは幸せに浸るのだった。

「……そうだ、この写真、あの子にも送ってみよう。お兄ちゃんのことを知りたいって前も言ってたし……」

第四章　推しだから本気でがんばってもいいですか？

「ほら、いくわよ雪奈《ゆきな》のぞみ！」

「はーい！　じゃあ次は紗菜ちゃん！」

「……ん。あ、ズレた」

「問題ないわ！　これくらい追いつけるから！」

「芹香さんすごい！　私も負けてられないね！」

「……二人とも動きがすごい。サナはついていけない……」

暑い日差しが降り注ぐ中、三人の賑《にぎ》やかな声がビーチに響き渡る。

俺は足の裏に熱された砂粒を感じながら空を見上げた。

雲一つない快晴。視線を戻すと白い砂浜に、透き通るような青い海。

俺達四人以外誰もいないこのプライベートビーチにいると、ああバカンスに来てるんだなって実感が改めて湧いてくる。

「あ、ボールが……！」

その時、芹香の声が聞こえたかと思うと、コロコロとビーチボールが転がってきて俺の足に当たった。

「ケーくーん！　ボールおねがーい！」

「……というかお兄ちゃんも見てないでやる」

顔を上げると、水着姿の三人が全員でこちらを見ていた。

眩《まぶ》しい。実に眩しい。

この強い日差しに負けないくらいの輝きを放つ美少女達が、手を振って俺のことを待っているじゃないか。

ここはもしかしてパラダイスなのだろうか。

俺は知らず知らずのうちにこの世の楽園に足を踏み入れたのかもしれない。

「よーし、いくぞー！」

俺はビーチボールを手に取り、みんなの方へと駆け出す。

何も考えず、ただただこの最高の時間を味わい尽くそう——そう思ってボールを持つ手を大きく振りかぶったのだが、

「……って、違うだろ⁉」

その直前に、俺はハッと目が覚めてビーチボールを砂浜にたたきつける。

……あ、危ねー！　よく我に返れたな俺……！

よくRPGとかで悪魔に理想の夢を見せられて誘惑されるシーンとかあるけど、あれを思い出したわ。自分の精神力を褒めてやりたい。

「なによけーたろ。なんか不満でもあるわけ？」

芹香《せりか》が近づいてきて、突然様子が変わった俺に怪訝《けげん》そうな顔で訊《たず》ねる。その後ろにはゆきと紗菜《さな》も続いている。

……あ、ちなみにさっきRPGのたとえはしたけど、このビーチも水着姿のみんなも幻じゃなく現実だからな？　と、それはともかく……。

「いや、不満もなにも俺らは一体何をしてるんだよ⁉」

「ビーチでビーチバレーしてたんだけど。見ればわかるでしょ」

「あ、やっぱりバレーよりスイカ割りの方がよかった？　それも後でやろうね！」

「……海での定番イベント」

俺のツッコミに、芹香もゆきも紗菜も普通に返してくる。

……が、俺の言ってるのはそういうことじゃなくてだな……！

「そうじゃなくて！　そもそも何でこんなことになってるんだって俺は言いたいの！」

「私の家が所有する南の島にみんなで行こうって言って、あんたも了承したからでしょうが。今更なに言ってんのよ」

「ああ、確かにそれは了承した……。けど、その趣旨は『合宿』だったはずだよな⁉」

俺は一番重要な部分を指摘する。

そう、今回なぜ、みんなでこんな南の島へやって来たのか——俺はその経緯を頭の中で改めて思い返していた。


『間もなく大会の日よ。そこで最後に合宿をしようと思うわ』

芹香からそんな内容のメッセが届いたのは数日前の事だった。

合宿って最初は意味がわからなかったけど芹香が言うには、これまでの練習の最後の詰めとして、リアルで動きや戦略などを確認したいとのこと。

なるほど、総仕上げをするってのはいい考えだと思った。

……だけど、なんでそれで合宿？　別に一緒に泊まる必要はなくね？

『普段とは違う場所で一緒の時間を過ごすことでより集中するのよ。場所はこっちが手配するから、あんたは来てくれればいいだけ』

だがそう返信すると、芹香がすぐにそんな感じで反論してきた。

よくわからない理論だったが、まあこれはマリエルさま案件でもあるし、芹香がしたいと言うなら俺は付き合うしかなかった。

……多分断っても無理矢理付き合わされるし。

『合宿⁉　いいな！　私も行きたいな！』

『お兄ちゃんが行くならサナも行く』

そこにゆきと紗菜も乗ってきた。

グループメッセだったので、当然グループメンバーの二人も見ていたというわけだ。

二人は別に大会に関係なかったし、アイドルであるゆきはスケジュールの問題とかもあったけど、結局ゆきも紗菜も来ることになって、合宿は開催されることに。

んで芹香の家のクルーザーに乗って、西園寺《さいおんじ》家所有の別荘とプライベートビーチ付きの南の島にやってきたというわけだ。

……まあその辺りの庶民感覚から思いっきり外れたところはいつものことだし、とりあえず今回の問題の本質じゃないからツッコむのはやめとくとして――

「LoF大会の合宿に来てるはずなのに、なんでビーチで遊んでるんだ俺らは⁉」

俺はそんな至極当然の疑問を投げかける。

……いやお前もしっかり水着に着替えてビーチに来とるやないかいってツッコミはとり

あえず勘弁してください……。

あまりにも非常識——というか非日常な出来事だったんで、すっかり流されちまってたんだよ……。

別にみんなの水着姿が見たかったからとか、そういうことじゃないぞ⁉

これはマジで！

「う……っ！　そ、それは……！」

俺の詰問《きつもん》に、芹香は気まずそうな顔で言葉に詰まる。

視線を逸《そ》らし、目が泳いでいるのが動揺している証拠だった。

「べ、別に合宿の件は忘れてないわよ？　するにしても、……そう、あれよ！　何事も息抜きって大事だからね⁉」

「まだ何もしてないのに息抜きはおかしいだろ⁉」

そう、島について別荘に荷物を置くと、俺達はすぐさまビーチに繰り出したわけで。

そこには既にビーチパラソルとかデッキチェアとかが置かれていて、さっき使ってたビーチボールとかもあったし、他にもシュノーケリングの道具まで用意されていた。

……改めて考えると遊ぶ気満々じゃねーか！

「ああもう、うるさいわね！　ＬｏＦの練習はちゃんと後でやるわよ！」

「普通に逆ギレ⁉」

「そ、それにこれはただ遊んでるってわけじゃなくて、他にちゃんと目的があってやってるんだからいいのよ！」

他の目的？　と、俺に加えてゆきと紗菜も首を傾《かし》げる。

「けーたろ、ラミアからは相変わらず連絡は来てるでしょ？」

「え？　あ、ああ、ほぼ毎日。……というか、ほぼ毎時間？」

「もしかして、それって自撮り付き？　だとしたら、全部ちゃんと消してるでしょうね」

「あ、当たり前だろ。そんなことより他の目的ってなんだよ。なんで急にラミアさんが出てくるんだ？」

「うん、ラミアさんってケーくんを推してるVTuberさんだよね？　自撮りを送ってケーくんの彼女になりたいって言ってる。その人が関係あるの？」

俺が慌てて話題を逸らすと、運がいいことにゆきもそれに乗ってくれた。

「……そのラミア対策よ。ビーチで私とけーたろが一緒にいるところを写真に撮って送ってやるの。海に行ってる彼氏と彼女って構図を見せつけて諦めさせるのよ」

「あ、そういえば芹香さんもケーくんに彼氏役をしてもらってたんだよね。……けど、そうだ、その理由はラミアさん絡《がら》みだってことしか聞いてなかったけど、具体的にはどういうことなの？」

芹香の言葉にゆきが首を傾げる。

……そういや、そのことはゆきに言ってなかったな。芹香もグループメッセではその辺りのことはボカしてたが……。

「ああ、そうだったわね。ラミアがけーたろに迫ってきたから私の彼氏って言ったのよ。も、もちろん諦めさせるためのウソだけどね。で、今は私が彼女役で、けーたろが彼氏役ってわけ」

「えーっ⁉　そうだったの⁉」

ゆきは大きく目を見開いて驚く。

……まあ、隠してたとはいえそんな大きな問題はないと言えばないんだけど。

「彼氏役って、私だけじゃなかったんだね！」

が、直後にゆきがそんなことを口走ったため、なぜかちょっと得意気だった芹香の顔がピシッと硬直する。

「……そ、そういえばそうだったわね。あんたもけーたろの彼女役に……。し、しかもデートまでしたとか言ってたし……」

「……ちなみにサナもお兄ちゃんに彼氏役してもらった。コスプレで」

「あ、おい⁉」

「な、なんですって⁉　それは初耳なんだけど⁉　説明‼」

紗菜の言葉に芹香が勢いよく迫ってきたので、俺は気圧《けお》されながら説明する。

……別に悪いことはしてないんだけど、なんで問い詰められてるんだ……。

「こ、コスプレの合わせ……？　雪奈《ゆきな》のぞみに加えて妹さんとまで……！」

「すごい偶然だね！　みんなでケーくんの彼女役をしてたなんて！」

「……お兄ちゃん、女の敵節操なし色魔……」

ここ数日の出来事を洗いざらい話すと、三人は三者三様の反応を見せる。

この件に関しては別に俺には一切非はないはずなのに、なんでこうもやたら肩身が狭いというか、申し訳ない気分になるんだろう……。

「……く、まあいいわ。そっちの話はこっちが片付いてからまた改めてするとして」

「そっちとかこっちとかどういうことだよ……」

「こ、こっちの話！　そんなことより、今はラミア対策よラミア対策！」

なぜか赤い顔で不機嫌そうに腕を組んで、プイっと視線を逸らす芹香。

……うん、やっぱり意味がわからん。

「さっきも言った通り、こうやってビーチで遊んでるのは息抜きってだけじゃなく、ラミアに送りつける写真を撮るためってわけよ。私とけーたろが、その……、か、彼氏彼女として海でイチャイチャしてるところを見せつけてやるってわけ」

「なるほど、そうやって自分の方がケーくんのことを推してるって示すわけだね。私達の方がケーくん推しの先輩なわけだから」

「……なんかちょっとズレてると思うけど……」

芹香の開陳した計画にワイワイと盛り上がる女性陣達。

まあそのプランの内容の是非はともかくとして、俺は協力を求められたらそれに応じるわけなんだけど――

「でもそんなことして意味あんのか？　あのラミアさんだぞ？」

そう、あの人は彼女がいるって言っても普通に「乗り換えたら？」って言ってくるような人だ。しかも微エロ自撮りまで送ってアプローチしてくるような。

そんな強者相手に今更イチャイチャ写真なんて送っても効果があるのかどうか、単純に怪しい。諦めさせるなんてできるものなのか。

「もちろん、普通の写真程度なら意味はないでしょうね」

俺の疑問に、芹香はそんなことはわかってるとばかりに頷《うなず》く。

それからビーチパラソルの下に用意していたいろいろな物の中から何かを手に取り、こちらへと突き出して見せた。

「だから、普通じゃないのを撮るってわけよ」

「……それって、日焼け止めオイル？」

そう言いながら芹香《せりか》が見せてきたのは間違いなくオイルだ。これで何を？

「じゃ、じゃあけーたろ、これを私に塗りなさい」

「はぁっ⁉」

突然のその要請に、俺は思わず素っ頓狂な声を上げる。

「い、いや、塗れってお前、オイルだぞ……⁉　オイルを塗るってことは、つまりは肌に触るってことで……！」

「な、なに当たり前のことを言ってんのよ。それくらいしないと、ラミアを驚かせるような写真にならないでしょ……！」

そ、それはわかるけど、でも、……やっぱどうなんだ⁉

「か、彼氏と彼女の関係なら普通でしょ。なに躊躇《ちゅうちょ》してんのよ……！」

「それはフリだろフリ⁉　そりゃ躊躇もするだろ、これはさすがに！」

「べ、別にいいじゃない。本当の彼氏彼女じゃなくても、その……！　お、幼馴染《おさななじみ》なんだし何もおかしくないわよ！」

「幼馴染だったら触ってOKなんて理屈はねーよ⁉」

俺は無茶苦茶な理論にツッコミを入れる。すると芹香はしばらく「ぐぬぬ……！」と睨《にら》みつけていたが、やがてしびれを切らしたようにこちらに近づいてくると、スッと俺の耳元に顔を寄せてきた。

「『……お願いですわケイさま。ラミアを倒すためにも協力してください』」

「なっ⁉」

そして突然マリエルさまの声でそう囁《ささや》きかけてきたじゃないか！

……くそっ、マリエルさまからのお願いなら俺が従うと思いやがって……！

「……わかった。やろう」

その通りだよちくしょう！

推しにお願いされて逆らえるほど、俺の推しへの愛は浅くないんだよ！

「……ええ、自分でやっといてなんだけど、ちょっとそれはどうなの？」

「うるさいな！　なんでお前が引き気味なんだよ⁉」

芹香がジト目で見てくるが、マジでお前が言うなだよ！

「……とにかく、これを塗ればいいんだな」

俺はオイルを手に取る。抵抗はあるがマリエルさまにお願いされたことだし、それにラミアさんへの牽制《けんせい》になるってんならどっちみちやらざるを得ない。

「じゃ、じゃあ準備するから」

そう言って芹香はビニールシートの上にうつぶせで寝転がった。

それからビキニのひもを緩めると、その白い背中を俺へと晒《さら》し——

「って、なななななにを⁉」

芹香のその行動に、俺は思いっきり狼狽《ろうばい》する。

こんなシチュエーション、今時ギャルゲーでも見たことがないんだが⁉

「う、うるさいわね。早く塗りなさいよ……！」

「い、いや、さすがにここまでやる必要はないだろ⁉」

「こ、こうしないとオイルをちゃんと塗れないでしょうが！」

「いや塗れるだろ！　ってかここまでして塗らなくてもいいだろオイルとか！」

「紫外線をナメてると痛い目を見るんだから仕方ないでしょ！」

お互い真っ赤な顔で言い合う俺達。なんか俺も芹香もいっぱいいっぱいなのか、何を言い争ってるのかもわからなくなってきた。

「い、いいからやりなさい。私だって恥ずかしいけど、これもラミアを諦めさせるためなんだから！　決して私利私欲とかじゃないから！」

……くそ、ラミアさんの名前を出したらいいと思ってんじゃないだろうな……！

ああもう、仕方ない！　やるしかないならやってやる！

俺は半ばキレ気味にオイルの瓶を傾け、手にかける。

そして冷たくトロリとした感触になんだか気後れしつつも、俺は意を決して芹香の背中へと手を伸ばした。

「ひゃぁんっ⁉」

「へ、変な声を出すなって！」

俺の手が触れた瞬間、芹香が普段聞いたことがないような声を上げてさらに動揺する。

しかもその声がマリエルさまっぽくて、一瞬本気で限界化しそうになった。

……いや、ダメだ！　マリエルさまを意識してたらとてもじゃないが続けられない。

これは芹香だ、幼馴染の芹香なんだ……！　でもトップレスの幼馴染にオイル塗ってるとか、そっちもそっちでヤバくね？

「……んっ、ふぅ……っ！」

そんなことを考えながらゆっくりと手を動かしていると、芹香がなんとか声を出さないように我慢しているらしく、そのせいで余計になまめかしい感じになってしまっていて、俺の焦《あせ》りはますます加速する。

無心に無心にと繰り返すが、そういうことを考えてる間は無心じゃないわけで。

……ほ、他のことを考えて気を紛らわせるしかない……！　それにしてもこいつの肌って本当にすべすべで――って、できてないじゃないか俺！

「ふわぁ、なんかすごい……」

とその時、不意にそんな声が聞こえてきたので振り向くと、ゆきがスマホをかまえて俺達の方を見ていた。

「いや、なにしてんの⁉」

「芹香さんに撮影を頼まれたんだよ。ちゃんと撮るから心配はいらないよ」

「そういうことじゃなくてだな！　明らかにこの構図はおかしくないか⁉」

「大丈夫、照れながらオイル塗ってるケーくんもすごくカッコいいから！」

……いや、そういうことを言ってるんじゃなくてですね。

自信満々の笑顔でグッと親指を立てるゆきにツッコむ気力も湧かない。最推しのアイドルを前にして俺はいったい何をやってるんだろう……。

よく見るとその後ろからは紗菜《さな》がこちらを眺めている。ただ突っ立って、いつも通りの無表情。なのに、なぜか変なプレッシャーを感じるような……。

「……お兄ちゃんのバカスケベヘンタイ……」

うぐっ！　やってることがやってることなので反論のしようもない……！

妹に汚いものを見るような目で見られて泣きそうになるが今更やめるわけにもいかず、俺はただただオイルを塗り続けるしかなかった。

……これも推しのためだ……！　そのためならどんな試練も耐えるしかない……！

「……お、終わったぞ。こんなものでいいだろ」

「……ふぇ？」

やがて一通り塗り終えると、芹香のどこか気の抜けた声が聞こえてきた。

見ると、表情がまるで溶けたようにとろんとしていて、目の焦点も微妙に合っていなかった。どうやら芹香も恥ずかしさに耐えていたらしく、限界を迎えたらしい。

フニャフニャになっていたので動かすこともできず、俺はひとまず芹香の背にパーカーをかけて放置しておくことにした。

「ケーくんケーくん、すごかったよ！　あれが恋人同士って感じなんだね！」

と、興奮気味のゆきがスマホを持ったまま迫ってきた。

顔は赤く、目だけはいやにキラキラしているように見えて、なんだか異様な迫力を感じてしまう。まあそんなゆきも可愛《かわい》いわけだが――

「そ、それでね？　あ、あの、お願いなんだけど、私もオイルしていいかな……！」

って、いきなりなんかトンデモナイことを言われたんだが⁉

「ええ⁉」

「ほ、ほら、彼女役の演技のこと。できればもっと勉強しておきたいなって。さっきのケーくんと芹香さんを見てたらなんだかすごくよくって、私も体験しておきたいなって思ったの。ダメかな……？」

ぐ……っ！　そ、その小首をかしげての「ダメかな……？」はマジで効くからやめてください……！　それされると絶対断れないから……！

「やった！　じゃあじゃあ紗菜ちゃん、写真撮ってもらってもいい？」

「……あ、うん」

俺が頷くと、ゆきは満面の笑みで紗菜に声をかける。

スマホを手渡され素直に頷くものの、俺の方を向いてジト目になる紗菜。

……意志の弱い兄だと思いたければ思え……！　推しにお願いされて断れるような生半可な推し方をしてないんだ俺は……！　だからもちろん、もしお前からなにかお願いされたら、俺はそれも全力でかなえにいくからな……！

「えっと、さっきみたいにゆきにもオイルを塗れば……？」

トップアイドルにオイルを塗るとか普通に考えたらあり得ないイベントだが、それを意識するると頭がパンクするのでなるべく平静を保とうとする俺。

……しかし、ゆきが男にオイルを塗られてる写真とか、そんな光景を撮影するとか大丈夫か？　万が一流出でもしようものなら炎上なんかじゃ済まないぞ……。

「あ、違うの。私は逆がやりたくて」

「逆？」

しかしゆきは首を振って、まだ俺の手にあったオイルの瓶を取る。

「うん、私がケーくんに塗ってあげたいなって……」

「お、俺に!?　ゆきが!?」

予想外の発言に驚く俺に、ゆきは恥ずかしそうにコクリと頷《うなず》く。

「ほら、彼女が彼氏にオイルっていうのもありだと思うから。彼氏のために何かしてあげる彼女の気持ちになりたいかなって……」

頬を染めながらそんな尽くす系のことを言われたら、もう可愛すぎて何も言えない。

トップアイドルなのに健気《けなげ》って……、最高すぎるだろ！　一生推すわ！

「ゆ、ゆきがそうしたいなら」

俺の答えは決まっていた。横でやり取りを見ていた紗菜の視線がさらにキツくなったような気がしたが、気にしてる余裕はなかった。

「ありがとうケーくん！　じゃあ早速始めるね！」

俺の答えにゆきは喜んでオイルの瓶を傾け、中身を手に取った。

……ゆきにオイルを塗られるとか、俺は理性を保てるんだろうか？

限界化して砂浜を転がったりしたらどうしよう？　もしそうなったら、いっそ熱で焼け死にたい。黒焦げになって跡形もなく散りたい。無理だけど。

「……ひっ⁉」

「あ、ごめん、冷たかった？」

そんなことを考えていると背中にひやりとした感触がして、俺は思わず声を洩《も》らす。

……ゆ、ゆきの手が俺の背中に……！

「他人にオイルを塗るのって初めてだから、おかしかったら言ってね？」

……し、しかも初めての相手を務めることにまで……！

「あ、紗菜ちゃん、撮影よろしくね。私がケーくんを推してるってことが伝わるような写真にしてくれるとうれしいな」

「……この構図で推し云々《うんぬん》は無理があるような……」

……さ、さらにこの場面が写真として永久に残ることに——って、ダメだ！　思考がどんどんキモい方向に行きつつある……！

「えへへ、ケーくんの背中って大きいんだね」

　俺は背後から聞こえてくるゆきの声になんとか耐えながら、ただただジッとしているしかなかった。ある意味で、滝に打たれるよりもよっぽど忍耐力が鍛えられる時間だったような気がする。

「……はぁ、ケーくんにオイル塗っちゃった。一生の思い出だよぉ……」

　やがて満足しきったゆきの声とともに、俺はオイルから解放される。

　……うん、よく耐えた俺。ニヤけそうになるのを必死にこらえた。顔面崩壊を回避できた自分をほめてやりたい。

「……お兄ちゃん、鼻の下伸ばしすぎ」

「うっ⁉」

　だがその時、ペチッと頭に軽い衝撃を受けた。

　振り返ると、そこには呆《あき》れた顔の紗菜が。

「顔がすごくキモかった。お兄ちゃんのバカエッチ」

　……どうやら耐えられたと思っていたが、それは気のせいだったらしい。

　義妹の冷たい視線はビーチに降り注ぐ太陽光よりも痛かった。

「えーと、ごめんなさい……」

「……ふん。そんなことよりお兄ちゃん、ちょっとサナのお願いを聞いてほしい」

「え、なんだ？　も、もちろん俺にできることなら」

「じゃあ、そこに座って」

紗菜はそう言ってビーチパラソルの下を指差す。

俺が言われた通りそこに座ると、紗菜もなぜか同じように横に座った。

なんだろう？　と思っていると、突然グイっと引っ張られ、俺は横向きに倒れる。

が、頭に柔らかい感触がして、視線を動かすと紗菜の顔が上に見えた。

……えっと？　こ、この体勢は……？

「あのー、紗菜さん？　これは一体……」

「……ひざまくら」

その言葉通り、まさに俺は今紗菜にひざまくらをされている状態だった。

なんでいきなりこんなことに？　と混乱していると、紗菜はどこからともなく耳かきを取り出してかまえたじゃないか。

「あのー、紗菜さん？　それは一体……」

「……耳そうじ」

「いやそれはさすがに意味がわからん！」

なんで海に来て妹に膝枕されながら耳そうじをするんだ⁉

それは当然の疑問だったが、紗菜はやっぱり平然と答える。

「……恋人同士のコスシーンの参考にしたかった。急にインスピレーションが湧いた」

「それにしたって急すぎるだろ……」

「でも、それだけじゃない。あれ」

そう言って紗菜が指さす先に視線を向けると、なんといつの間にかビーチに三脚とデジカメが用意されていた。……い、いつの間に。

「このシーンを撮って、ラミアとかいう人に送る」

「なんでまたそんな⁉」

「……その人に付きまとわれて大変なんだったら、妹とイチャイチャしてるシーンを送って、シスコンだってアピールすればいい」

「俺へのダメージデカくね⁉　諸刃《もろは》の剣すぎる！」

「……だ、大丈夫、義妹だから問題ない」

いやいやいや、何も大丈夫じゃないし問題しかない！

「ああああああああっ‼　ちょ、ちょっと何やってんのよ！」

「あ、ケーくんに膝枕！　いいな紗菜ちゃん……！」

と、そんなやり取りをしている間に、芹香《せりか》とゆきが復活してきた。

俺の体勢に猛然と抗議する芹香に、紗菜《さな》はさっきと同じ説明を繰り返す。

「ラミアってVTuberを諦めさせるためにサナも協力してる。サナもお兄ちゃんのこと推してるから他人事《ひとごと》じゃない」

「そ、それはそうかもだけど……！　でも、もう私がけーたろの彼女役をやってるのに」

「……でも、諦めさせられてない」

「ぐ……っ！」

紗菜の正論パンチに芹香が呻《うめ》く。……中学生に普通に論破されんなよ。

「はいっ！　そういうことなら、私もやりたい！　彼女としてケーくんとデートしたこともあるから、きっと力になれると思う！」

さらにゆきまで挙手しながらそんなことを言い出し、さらに焦《あせ》る芹香。

「な、何言ってんのよ！　ちょっとデートなんてしたくらいで……！」

「……ナチュラルデートマウント」

しかもなんか紗菜まで不機嫌そうだし。……なんの会話だこれは。

というかそもそも、ゆきの写真なんて送れるわけないだろトップアイドルなのに——と思ったけど、それについてツッコむ人間は誰もいなかった。おかしくね？

「ふ、二人とも協力しようって姿勢は感謝するけど、これは私の同期の問題だから私に任せてほしいわね」

「でも、ケーくんが困ってるなら力になってあげたいよ」

「……そんなの関係ない。お兄ちゃんのため」

「みんなでワチャワチャやってもわけわかんなくなるでしょ!? だから、こういうのはけーたろのことを一番推してる私に任せてってこと！」

「そういうことならやっぱり力になれるよ！　私が一番ケーくんを推してるから！」

「……お兄ちゃんを一番推してるのはサナ」

その瞬間、バチィッと三人の間に火花が散った気がした（ゆきだけはいつも通り無邪気に笑ってるだけに見えたけど……）。

……こ、この流れはマズい。なんか前にも見た気がする。

俺のことを好きすぎて、自分が一番推してるという主張がぶつかり合ってる三人。

そんなのどうでもいいことじゃないか――とは言えない。

俺も推しを持つ者として、自分が一番推しを推してるんだって自負がある以上、引き下がることなんてできないんだよなこの状況で……！

「あ、あの、ここは穏便に……」

とりあえず試しに言ってみたけど、芹香と紗菜に睨《にら》まれて押し黙った。

……弱いって言うなよ⁉　実際にこの状況で口出しできる人間がどんだけいるんだって話だからな⁉

とはいえ、事態をそのままにしておくとそれはそれで――

「いいわ。じゃあ誰が一番けーたろを推してるか、ラミアを黙らせられるような写真を撮れるかどうかでハッキリさせましょ」

「面白そう！　よーし、絶対ケーくんの力になるよ！」

「……望むところ」

ほらこうなる‼

こういう展開になるとロクなことにならないのは知ってるんだ！

でも、渦中《かちゅう》のど真ん中にいる俺が逃げられるわけもなく。

「というわけでけーたろ、あんたは私の彼氏役なんだから、思いっきりラブラブな写真を撮って見せつけるわよ！」

「恋人の練習がケーくんのお役に立てるなんてすごくうれしい！　なんでも言ってね？　私、ケーくんの理想の彼女になってみせるから！」

「……役になりきるのがコスプレイヤー。この前の合わせが生きる」

こうなった以上、俺はもうみんなに従うしかない。

異様な熱気をまとって迫ってくる三人に、俺は後ずさりしながらも観念する。

……そう、これも推し達の望むことなら仕方がない。推されるってのは時にこういう覚悟が必要なんだって悟った気がしたわ。

俺はもう完全に諦めつつ、頭の中で「推すために推されるって哲学的だなー」なんて、ほとんど現実逃避のようなことを考えるのだった。

▽

「さあLoFの練習を始めるわよ！　そのために合宿に来たんだから！」

「……昼間まるまるビーチにいたやつのセリフとは思えないんだが」

俺のツッコミに、芹香は「う、うるさいわね」と睨む。

もうすっかり日は暮れて夕食も済ませた俺達は、芹香の家の別荘のリビングでくつろいでいるところだった。

……結局あれから夕方までずっとビーチで撮影会だったからな。

なんやかんやあって結局ラミアさんに写真を送ることはなかったし、なんだったんだあの時間はって思う。

ちなみに具体的にあの後なにがあったかは、俺の精神衛生上よろしくないので語らないでおこう……。まあ送れるような写真が撮れなかったって事実だけで、大体のところは想像がつくだろうけど。疲れた……。

とにかく、そんなこんなで本来の趣旨である大会に向けてのＬｏＦ練習最後の詰めは全然できてなかったので、俺の指摘は真っ当だ。

「な、なにはともあれ、これからの時間はもう全部練習に当てるわよ。戻ったらもう大会なんだから」

芹香はそう言って、ゲーミングノートＰＣを開いてＬｏＦを起動させる。

ちなみにこのノートＰＣはちゃんと人数分用意されていた。ハイエンドのメッチャ高いＰＣなのに、さすが金持ち……。

「ちょっとでも改善点があったらすぐに指摘しなさいよ。今回ばっかりは絶対に負けられないんだから」

芹香はそう言って、真剣な顔で練習を始める。

射撃訓練場で一通りの動きを確かめた後、今回の大会ルールであるソロでキューを入れてランクマに入った。集中している様子で、昼間ビーチではしゃいでいた時の面影はもうそこにはなかった。

「芹香さん真剣だね。ケーくんと一緒の大会だから気合が入ってるんだね！」

「……でも優勝はお兄ちゃん。負けたらご飯抜き」

そんな芹香を見ながら、対照的にゆきと紗菜はのほほんとした雰囲気だ。

まあこの二人は出場しないんだから当たり前なんだが。

「ケーくんも出る大会だから楽しみだよー！　その日は絶対リアルタイムで見る！　レッスンとかも絶対スケジュール通り終わらせて！」

「……そういえば今度のストリーマー大会は全員ソロのルールって見た。じゃあお兄ちゃんとは敵同士。なのに練習に付き合う？」

紗菜が首を傾《かし》げながら訊《き》く。確かにその質問は的を射てるんだよな。ソロなんだから他の参加者は全員敵なんだが……。

「まあ、それにはいろいろと事情があって……」

その事情ってのは、俺をめぐってラミアさんと直接対決してるってものなんだが、改めて考えるとトンデモナイなマジで。

「……事情？　なに？」

紗菜に訊《たず》ねられるが、なかなか口にはしづらい。このことに関してはゆきにも紗菜にも言ってなかったしな。

「あ、きっとこうだよ！　ケーくんと芹香さんで頂上決戦しようってことじゃない？　最強のケーくんを師匠に迎えながら、それを倒そうとする弟子の芹香さんって構図！　ねえねえ芹香さん、そうだよね？」

ゆきがなんか明後日《あさって》の方向の予想をしながら芹香に話しかけるが、芹香はゲームに集中してて答えない。その様子に何か感じたのか、ゆきもちょっと真面目な雰囲気で声をひそめながら改めて俺に訊ねる。

「……芹香さん、本当にすごく真剣だよ？　何かあるのかな？」

「……確かに変。お遊び系の大会に挑むテンションには見えない」

紗菜も加わって、どういうことなんだという視線をこちらに向けてくる。

……まあ、こうなったら説明せざるを得ないか。ラミアさんの存在はもう二人とも知ってるから、大会の事だけ伏せておく必要もないしな。

「実は……」

俺は二人に事情を説明する。

彼女役をやっても諦めないラミアさんと、俺を賭けて大会で勝負することになった経緯をかいつまんで話す。すると、

「ええ⁉　そんなことになってたの⁉」

「……一大事……！」

それを聞いたゆきは驚き、紗菜は目の色を変えた。

「彼女を選ぶのにもゲームを使うなんて……、さすがケーくんだね！　その常識にとらわれない発想、ますます推せるよ！」

「いや、俺が提案したんじゃないからな⁉　あと、推し相手とはいえさすがにこんなことで感心するのはどうかと思うんだが⁉」

「……そんなことになってたなんて知らなかった。真剣になるのも当たり前。絶対に勝ってもらわないと困る」

「い、いやいや、そんな深刻に考えることじゃ――」

「さっきからうるさいわよあんた達！　集中できないじゃないのよ！」

俺は二人を落ち着けようとするが、その時芹香がこちらにやって来て言葉を遮られてしまった。

「お前、ランクマしてたんじゃなかったのか⁉」

「ちゃんとチャンピオンになって終わらせたわよ。で、なに騒いでるわけ？」

練習の邪魔だったのか不機嫌そうな顔の芹香。

俺はなんて言おうか迷っていたが、その間に先にゆきと紗菜が芹香に口を開く。

「聞いたよ芹香《せりか》さん！　今度の大会、ケーくんの彼女の座がかかってるんだってね⁉」

「……お兄ちゃんの貞操の危機」

「え？　ええ、まあそうよ。そのことはけーたろから聞いてなかったのね」

「うん、聞いてなかったよ。そんなことになってるならますます大会を見逃すわけにはいかないよね！　その日はレッスン休もうかな……！」

「……敗北は許されない……！」

それぞれベクトルの違うテンションで芹香に詰め寄る二人。

さっきまでの弛緩《しかん》した雰囲気はいつの間にかなくなって、二人とも熱い眼差《まなざ》しで芹香を見つめているが、なぜか当の芹香もまんざらじゃなさそうな顔なんだが……。

「もちろん負けるつもりなんてないわよ。けーたろがかかってるんだから。でも正直ラミアは強敵よ。真剣にやらないと勝てないわ」

「真剣勝負ってわけだね。ケーくんの彼女だもん、当然だよね！」

「……練習あるのみ」

「ええ、だからここ数日けーたろにずっと練習に付き合ってもらってたし、こうやって合宿までしてるってわけよ。私、本気だから」

おおーっと歓声が上がるが、なんの歓声だよそれ。芹香もなんかちょっと芝居がかってるというか自分に酔ってる雰囲気だし、みんなテンションおかしくね？

だがそんな俺の心の声など届くはずもなく、三人ともますますヒートアップしていく。

渦中の俺だけがなんか置き去りになってるんですが……。

「あ、っていうことは芹香さんが勝ったら芹香さんがケーくんの彼女ってことだよね⁉

……うん、やっぱり私は芹香さんのことを応援かな！　同じ最初期からの推し仲間だし、幼馴染《おさななじみ》とお付き合いするケーくんって想像するだけで尊いし！」

「……お付き合い云々《うんぬん》はダメだけど、ラミアって人にお兄ちゃんを取られないために応援するっていうのはサナも同感。お兄ちゃんがかかっている以上、これは他人事《ひとごと》じゃない。みんなで大会に勝ちにいかないといけないくらいのピンチ」

「え？　でも、できることなんて別に何も……」

二人のそんな提案に、思わず真顔に戻る芹香。

おそらくそんな反応が返ってくると思ってなかったんだろうが、すっかりその気になっている二人は止まらない。

「ううん、こんな話を聞かされたらじっとなんてしてられないよ！　芹香さん、してほしいこととかない⁉」

「と、特にないから気持ちだけは受け取っておくわ」

「あ、そうだ！　ずっと同じ姿勢だと疲れちゃうよね!?　私、マッサージするよ！　大丈夫、こう見えてもそういうのは得意だから！」

「え、ちょっと？」

善意が暴走してしまっているようなゆきは、芹香の話も聞かずにマッサージを始める。

芹香の背中側に回って、肩や腕などを揉《も》み始めるゆき。

「どうかな芹香さん？　気持ちいい？」

「だから、そんなことしなくても凝ってないってば……！」

笑顔でマッサージをするゆきと、恥ずかしそうに身をよじる芹香。

……な、なんだろう。俺は百合《ゆり》属性とかはないはずなんだけど、美少女二人が密着してワイワイやってる光景っていいもんだな。新たな扉が開けそうな……。

そんなバカなことを考えている間にも、ゆきはますます熱心にマッサージを続けるが、次第に芹香の様子がおかしくなってくる。なんだか俯《うつむ》いて何かに耐えているというか、わなわな身体《からだ》が震えてるし。

「あれ？　どうしたの芹香さん？」

「…………ってる」

「え、なに？」

「当たってんのよさっきから！　あんたの胸が背中に！」

「え、あ、ごめんね⁉　でも女の子同士だから大丈夫だよね」

「全然大丈夫じゃないわよ！　なんでこんな大きいのよ……！　嫌味かなにか……⁉」

しかも、なんか意味不明なキレ方をしてるんだが……。

それでも全然動じてないゆきも相当なもんだが、なにを見せられてんだ俺は？

「……はい、ちょっとどいてお兄ちゃん」

とその時、紗菜《さな》が後ろからマグカップが載ったトレイを持って歩いてきた。

キッチンから来たようで、どうやら何かを作って来たようだが……？

「……どうぞ、これを飲んで」

「え、な、何これ？」

芹香のところへ行った紗菜は、マグカップを手に取るように促す。

反射的に受け取った芹香だが、突然のことに怪訝《けげん》な顔だ。まあ当然だな。

「……スープ作った。スタミナがつくように」

「ああ、そういうこと……。うん、スパイシーないい香りがするわ」

「結局は体力勝負。それを飲んで練習しまくる」

まともな協力のし方だと思ったのか、芹香は安心した様子でスープを飲む。

「⁉　……ぶふっ⁉」

が、次の瞬間顔が真っ赤になって思いっきりむせた。

「か、辛……っ⁉　な、なななにこれは……！」

「熱いときこそ辛い物を食べて元気をつける。気分も爽快」

紗菜がちょっと得意気に言う一方、芹香は舌を出してヒーヒー言っていた。

……激辛スープだったのか。まあ紗菜は別に料理とか得意じゃないから、嫌な予感はしてたんだけど、ご愁傷様だな……。

「いいね、辛い物で汗をかいたらマッサージも捗《はかど》ると思うよ！」

「遠慮なくグイグイ飲む。それで大会に勝つ」

「ひゃ、ひゃからべちゅに助けなんていらにゃいから……！」

芹香を中心にワイワイキャーキャーと実に姦《かしま》しい三人。

俺はその様子をちょっと離れて眺めながら小さくため息を吐《つ》く。

ラミアさんとの勝負で熱くなってるのはわかるけど、一方で俺自身は実はそこまで危機感は持ってなかったりするんだよな。俺がかかってるって話だけど、それも勝手に言ってるだけでしかないし。

もちろん芹香を応援してるし、勝つための協力は惜しまないんだけど……。

「……みんなちょっと熱くなりすぎだろ」

その辺りの温度差が出る形で、俺はついついそんな呟《つぶや》きをしてしまう。

「なに言ってんのよあんたは！　けーたろが——推しがかかってるんだから熱くなるのは当たり前でしょうが！」

「そうだよケーくん！　熱くならずになんていられないよ！　推しに彼女ができたらその人込みで推す事になるんだから、どんな人になるかはとっても大事なことだよ！」

「……お兄ちゃんは推されてる自覚が足りない。推してる方は推しに関わること全部に注目するもの。なのに彼女だなんて、これは地球が爆発するレベルの大ニュース」

「スケールが大きすぎやしませんかね……」

しかしそれは三人の耳にバッチリ届いてしまったようで、猛然と反論されてしまった。

いや、確かに気持ちはわかる。もしこれが俺と芹香で立場が入れ替わった話だったとしたら、俺だって今頃きっと熱くなってただろうし。

「無茶だけはするなよー……」

仕方なく、俺は盛り上がるみんなを尻目に一旦キッチンへと避難することにした。

といっても逃げたとかそういうわけじゃなく、あの騒動にはついていけないけど芹香に協力する意思は変わらないので、コーヒーでも淹《い》れてこようと思ったのだ。

グラスに氷をたっぷり入れたアイスコーヒーを作る。激辛スープのこともあるからガムシロップも多めに入れて……と、これでよし。

俺はグラスを手にリビングへと戻る。が、その時、

「辛……っ！　無理……！　舌が焼ける……！」

ちょうど正面から口元を手で押さえた芹香が飛び出してきたのだ。

たぶんまたあの激辛スープを無理矢理飲まされて、水でも求めてキッチンに飛び込んできたんだろうけど——

「うわっ⁉　芹香⁉」

当然のように思いっきりぶつかってしまい、俺はなんとかグラスだけは落とすまいとしたのだが、中身はぶちまけてしまった。……俺自身の身体に思いっきり。

「ああっ⁉　だ、大丈夫けーたろ⁉」

「な、なんとか。コーヒーは全部こぼしちまったけど」

「うわ、これは大惨事ね……。服もすぐに着替えないと。けーたろ、ついでだからあんた先にお風呂《ふろ》に入ってきなさい。ここの掃除はやっとくから」

確かに、服は上下ビショビショだしコーヒーの香りはするし、シロップマシマシにしたせいでベトベトした感触も……。ここは芹香の言葉に従うとしよう。

俺はその場を芹香に任せて風呂へと向かう。

案内の時に見せてもらったが、ここの別荘は旅館の大浴場かってくらいデカい風呂があるんだよな。まあそもそもこの別荘自体がデカすぎるので今更だけど。

西園寺《さいおんじ》家のすごさを改めて思い浮かべながら浴場に到着すると、廊下の向こうからメイドさんが走ってやってきた。どうやら芹香から連絡を受けてきたらしい。

服は下着も含めて全部洗濯するから脱衣所に脱いで置いておくよう言われ、俺はメイドさんに感謝してから風呂場へと入る。

銭湯かと思えるような広い脱衣所で服を脱ぐと、俺は浴場へと向かった。

これまただだっ広い浴場で、とても一人で入るところじゃないなと思いながらまず身体を洗い、それから風呂へと入る。

ちょうどいい湯加減で、俺はようやくリラックスできた気分でしばらくはぼんやりと湯気に煙る天井を眺めていた。

「…………どうすっかな」

そうやってボーっとしていると、自然とそんな言葉が口から洩《も》れる。

どうするか――それはもちろん今度の大会のことと、ラミアさんのことだ。

もちろん俺は芹香を応援しているし、芹香が勝てるよう協力もする。

けど勝負は時の運。結果はどうなるかわからない。芹香が勝てば問題はない。勝負に負けたんだから俺のことは諦めろと、俺が言うまでもなく芹香《せりか》が言ってくれるだろう。

……まあそれであの人が引き下がってくれるかどうかは正直怪しんだけど、とりあえずはそれで一応の決着はつく。

「……けど、負けた時のこと考えてんのか……？」

そう、もしラミアさんに負けたら、芹香はどうするつもりなんだ？

負けたから仕方ないって俺を譲る？　それでラミアさんは俺の彼女になって？

……どっちにしろ、俺の意思なんて存在してないなそれ。

そうだ、今回の騒動は最初から俺の意思が介在してないんだよな。勝手にどんどん話が進んでいって、それじゃいけないとはわかってるんだけど、かといってじゃあどうすればって話でもある。

「……彼女云々は置いとくとしても、推すこと自体は自由だし……」

だからやめてくれとは正直言いづらい。

ラミアさんにしても厄介な性格なのは確かだけど、じゃあ迷惑だって言えるほどの迷惑をかけられたわけでもない。自撮り写真は驚いたけどあれはあれでありがたい——って、なに考えてんだ俺は……。

俺は見つめていた天井がいつの間にかグルグル回っているのに気がついて、のぼせたのかと風呂から出る。

しかしその時、正面にあったガラスが窓じゃなく実は引き戸になっていることに気がついて、俺は外気にあたろうと開けて外に出た。

「……うわ、露天風呂《ろてんぶろ》まであんのかこの別荘」

そしてそこにも岩に囲まれた風呂があるのを見つけ、俺は呆《あき》れながらも入る。

ヒンヤリとした空気が火照《ほて》った顔に心地よく、これならもうしばらく入っていられるなと、俺は腰を落ち着けることにした。

そうしてどれくらい時間が経《た》っただろう。

結構長湯をしたかもしれないと上がろうとした時、不意に浴場の方から声が聞こえてきたので、俺は反射的に風呂に戻って岩陰に隠れる。

「うわー、本当に露天風呂があるんだね！」

「……豪華すぎ。ぶるじょわじー」

「露天なら長めに入ってられるからお勧めよ」

「…………げっ⁉」

すると、ゆきと紗菜と芹香が順番に出てきて、俺は小さくうめき声をあげる。

……な、なんでみんなが⁉　俺がまだ入ってるってのに……！

「それにしても、ケーくんはどこいったのかな？」

「のぼせて部屋で休んでるんじゃないの？　脱衣所に服はなかったし」

「でも、着替えらしいものはあった気がするよ？」

「……あれはお兄ちゃんのじゃない。お兄ちゃんはあんな服持ってない。お風呂からもう出てるのは確実」

「そうね、あの服はけーたろのセンスじゃないわ。推しの服装の好みはちゃんと把握してるから間違いないはずよ」

……うわ、最悪だ！　メイドさんの善意が裏目に出た！

脱いだ服を持って行って代わりの着替えも用意してくれてたらしいのに、逆にそのせいで中に俺はもういないと判断されるなんて……！

っていうか、サラッと俺の服の好みを把握してるとか言ってるけど本当かよ⁉　謎に自信満々なせいで結果として間違ってるし……！　とはいえ中を確認してたところで、俺は露天風呂の方にいたからわからなかっただろうが……。

だから、芹香達が悪いとは言い切れない。

いってのは頭でわかってるんだけど――

誰が悪いでもなくただ単に運が悪かっただけ。だから決して責められるような状況にな

……でも、俺も絶対に悪くないぞこれは⁉

「しかもすっごく広い！　芹香さんありがとね――って、そっぽ向いてどうしたの？」

「……あ、あんまり胸を見せないでもらえる？　できれば隠して……」

「……わかる。けど湯船でタオルはダメ」

こっちに近づいてくる三人の姿が一瞬見えて、俺は慌てて目を逸《そ》らす。

……い、一瞬とはいえ見てしまった……⁉　い、いや、俺は何も見てないぞ！

推しの裸を盗み見るなんて、そんなことあってはならない……！

推しとは適切な距離感を保つがモットーの俺だが、それも最近ではほとんどなし崩しになっていた。とはいえさすがにこれはダメだ！　風呂を覗《のぞ》くなんて犯罪だ！　覗いてるわけじゃないけど、結果的にそうなっただけでもギルティだ！

俺は岩陰に身を引っ込ませ、ギュッと目をつぶる。

そういえば三人ともタオルで身体《からだ》とか隠してなかったな。

でもゲームとかアニメじゃあるまいし、湯船に入るのに普通はまかないから当然か――とか、そういった邪念が湧いてきたけど、なんとか気合でかき消す俺。

……と、とにかくなんとかバレずに乗り切るしかない！

平常心を保つためにお経でも唱えようかと思ったけど、残念ながら唱えられるお経なんて何も知らなかった。なので仕方ないから頭の中で、ＬｏＦのキャラ別攻略を朗読することにする。

自分でも滑稽で意味がわからなかったが、他にできることがない。俺は無力だ……！

「わー、気持ちいい……。星もすごくきれいだし」

「……最高。天然温泉？」

「ええそうよ。気に入ったならまた招待するわよ」

だが、そんな努力もむなしく三人の話し声が聞こえてきてドキリとする。

しかも、どうやらちょうどこの岩陰の逆側にいるらしく、距離が近いのか耳をふさいでも完全には遮断できない。

半ば強制的に会話を聞かされる形になり、声が聞こえるとその相手の姿をどうしても思い浮かべてしまい、必然的にこの状況と合わせて裸の姿を意識することになる。

……ううう、これは新手の拷問か……!?

「……浮いてる」

「え？　なにが浮いてるの紗菜《さな》ちゃん？」

「……おっぱいがぷかぷか。すごい」

「……ぐっ⁉　む、胸ってそんな機能あるの⁉」

「あ、あはは、恥ずかしいな」

「……うらやましい」

「み、見せつけられてる。見せつけられてるわこれは……！」

「そ、そんなことないよ。私のはただ無駄に大きいだけで、ダンスの時とかも邪魔になっちゃうし」

「はい自慢！　自慢以外の何物でもないわそれ！」

「ち、違うよ。むしろ私は芹香さんみたいにスラっとした方が憧れるよ。芹香さんすごく綺麗《きれい》だし、お肌も白くてスベスベだし」

「……それもわかる。サナはちんちくりんだから」

「カリスマコスプレイヤーがなに言ってんのよ。あなたこそ素材よすぎ可愛《かわい》すぎ」

「そうだよ紗菜ちゃん。私も紗菜ちゃんみたいな可愛い妹がいればなぁ」

「…………義理の妹には絶対ならない」

さらに、追撃のようにそんなキャピキャピした会話が聞こえてきて悶絶《もんぜつ》しそうになる。

……そ、そうか。ゆきの胸は浮くのか……！　って、なに思い浮かべてんだ俺は！

芹香の肌がスベスベとか紗菜が可愛いとか、素晴らしい情報だけど今だけはいらないからそれ！　せめてもうちょっと小声でやってくれ！

俺は心の中で慟哭《どうこく》しながら耳をふさぐ。しかし、そんなことなど知る由《よし》もなく三人のガールズトークは続くのだった。

「ふう、それにしても今度のストリーマー大会の裏で、そんな大変なことが起きてたなんて全然知らなかったよ。もっと早く教えてくれたらよかったのに」

「……同意。超一大事」

「そ、それは悪かったわよ。でもラミアに関しては、もとはといえば私が持ち込んだ問題みたいなところもあったから……」

やがて運よく話題がラミアさんのことに変わって、相変わらずピンチではあるけど俺は少しだけホッとする。この状況であんな話を延々と聞かされてたら間違いなく精神崩壊してただろうからな……。

「とにかく、私は芹香さんを応援してるからね。ケーくんがかかってるんだもん。絶対に勝てるよう協力もするからなんでも言ってね」

「……サナも。できることはなんでもする。できないことはなにもできないけど」

「ありがとう二人とも。……でもうマッサージと激辛スープはいいからね？」

どうやらここでも改めて、打倒ラミアさんに向けての結束を固めているようだ。

なんにせよ、三人が力を合わせるってのはいいことだと思う。

ソロの大会は結局自分の実力一つで戦っていかないといけない。けど応援してくれる人が多ければ多いほど心の支えになるからな。

がんばろう！　と励まし合っている三人に、俺はほっこりした気分になる。

やっぱり俺の推しを見る目に狂いはなかった。三人とも可愛いうえに性格もいいんだよなぁ。全然違う畑の三人だけど、実に尊いぜ。

俺はそんなことを考えて満足しながらうんうんと頷《うなず》く。

……だが、

「……でも、正直やっぱりちょっと心配かな。ラミアさんってゲームが上手って言うし、もしラミアさんがケーくんの彼女になったらその人ごと推さないとだから、心の準備がまだできてないよ」

「……サナもゲームが上手《うま》かったらよかった。そしたらお兄ちゃんを一番推してる自分で戦えたのに」

「そこは安心して大丈夫よ。けーたろを一番推してる私がちゃんとラミアに引導を渡してやるから。腕は向こうが上でも、推してる気持ちではだれにも負けないから」

「芹香《せりか》さん頼もしい！　あ、でもケーくんを一番推してるのは私だと思うなぁ」

次の瞬間、岩の向こう側から剣呑《けんのん》な空気が流れ込んできた気がした。

なぜか急に、周囲の気温が数度下がったような錯覚に陥る。

……こ、この感覚は以前も味わったような……⁉　ってかなんで急にこんなことになってるんだ⁉　誰が一番推してるかなんて話の流れじゃなかったはずなのに！

「……二人とも何か勘違いしてるかもしれないからハッキリ言っておくけど、けーたろを一番推してるのは私よ？」

「……お兄ちゃんを一番推してるのはサナ。これは事実」

「ケーくんについては譲れないよ！　私が一番ケーくんを推してます！」

気がつけば、いつの間にかおかしな気配が辺り一帯に立ち込めていた。

こういう時、普通なら俺が必死に止めに入るわけだが、今はそんなことできない。

そしてどうしようどうしようと思っている間に、無情にも事態は進展していく。

「あのねあんた達、私は今けーたろの彼女役やってんのよ⁉　本気で推してるからそういうこともできるし、推しのために同期とも本気で戦えるの！」

「……彼女役とか、そんなのサナもやったし」

「私もやった！　それでデートもしたよ！　彼氏の役とかそんな簡単に頼めることじゃな

いけど、一番推してるケーくんだからこそ信頼してお願いできたんだよ」

「わ、私は実際にラミアに彼女だって言ったから。それに幼馴染《おさななじみ》だからけーたろのことはリアルでも一番わかってるし」

「……それならサナは妹で家族だからお兄ちゃんの事を一番知ってる。義理の妹だから彼女でも何も問題ないし」

「クラスメートで彼女って一番自然だと思う。配信で知った人が実はクラスメートだったっていうのも運命的だと思うよ！」

「け、けーたろを彼氏だって紹介したのは私の家でなのよね！　やっぱり彼氏なんだから家に呼ぶのは当然というか⁉　か、彼女だからこそできることよね！」

「……お兄ちゃんと彼氏彼女でコス撮影会した。絶対またやる」

「ケーくんとのデート、すごく楽しかった！　ケーくんに取ってもらったぬいぐるみは宝物にしてるよ！　彼氏からのプレゼントだから！　えへへ……」

……いやいや、いやいやいやいや。

俺は一体なにを聞かされてるんだろう？

みんな自分が一番俺を推してると主張し出したと思ったら、今度は彼女役の話を持ち出して謎のアピールをしている。

……会話しているようで全然かみ合ってないし、なんなんだこれは……？

ただ一つわかることといえば、三人ともとにかく相手にマウントをとろうとしているってことだけだ。けど、その内容がどこか全員的外れで、言ってる本人達は必死なのかもしれないけど傍《はた》から聞いてるとすごく痛々しい……。

じゃあそんな話題の中心が自分なのはどうなんだって話だが、そこを考えるとうれしいような悲しいような、複雑な気分になるのでやめておくとして。

……ああ、ツッコみたい！　この明らかにおかしい状況にもの申したい……！

けどとにかく今は、こんな針のむしろのような状況がとにかく早く過ぎ去るのを祈るしかない――そう思って湯の中で必死に耐える俺。

「あ、すっごい星！」

「ええ、この辺りは空気が澄んでるのか、よく見えるのよね」

「おおー……」

とその時、さっきまでとは打って変わってそんな会話が聞こえてきたかと思ったら、ザブザブという水音が聞こえて、声が遠ざかっていくのを感じた。どうやら星空を見上げるためにもっといい場所に移動したらしい。

……直前まで言い争ってたのに普通に会話できてるって女子はすげーな――って、感心してる場合じゃない！　今だ！　今しかない！

瞬間的に脱出するチャンスと判断した俺は、岩陰から飛び出す。

急いで、しかし音は立てないように、必死に湯をかき分けながら進む俺。

「ほんと、綺麗だねー……」

「地元じゃ見れないものだからね」

「……きらきら」

「ケーくんも見たかな？　一緒に見たかったね」

背後から実にほんわかした会話が聞こえてくるが、もちろん俺は振り向くことはなかった。そんな余裕もなかった。

ラッキースケベで裸を見るなんてあり得ない。そんなことで推し達を汚すわけにはいかない……！

その思いだけを胸に俺はようやく露天風呂《ろてんぶろ》を抜け出し、そのまま脱衣所へと走る。

ほんの一瞬だけ露天風呂にいる三人の姿を想像しそうになりながらも、慌ててそれを振り払って用意された着替えに手を伸ばす。

当分の間は夜空を見上げることはできないな——なんて考えながら。

第五章　推しを信じていいですか？

「……ん？　まだ夜……？」

ふと目が覚めた俺は、時計を見ながらそう呟《つぶや》く。

ベッドから上体を起こすと、窓の向こうは夜の闇が広がっていて、中途半端《ちゅうとはんぱ》な時間に目が覚めたもんだとあくびをしながら思った。

別荘の寝室、割り当てられた部屋で寝ていた俺だったが、いつもと違う環境のせいなのか、どうも眠れない感じがする。

「……別に、さっきの風呂《ふろ》でのことを引きずってるわけじゃないとは思うが」

他に誰もいない部屋で、俺は一人謎の言い訳をする。

あの後、なんとか無事脱出でき、もちろん三人にも気づかれることなかったわけだが、代わりにどっと疲れてしまった。

風呂から出てきた三人とはまともに顔を合わせられるわけもなく、今日はもう疲れたから寝るといって部屋に逃げこんで今に至る。もちろん、寝付くまでには相当な時間がかかったのは言うまでもない。

「……のどが渇いたな」

もう一度寝ようと思ってベッドに再度寝転がるも目が冴《さ》えてしまっていた俺は、仕方ないのでキッチンで水でも飲もうと思って部屋を出た。

寝静まった別荘の廊下を歩いていると、ふと何か音が聞こえた。

なんだろうと思って耳を澄ますと、ちょうど向かおうと思っていた方向から聞こえてくる。正確にはキッチン併設のリビングからのようだが……？

カタカタと何かを叩《たた》くような音。ドアの隙間からは微《かす》かな光も漏れている。

俺は静かにリビングのドアを開けた。するとそこには——

「……芹香か？」

こちらに背を向け、ゲーミングノートに向かっている芹香の姿が。

ヘッドホンをしているからか俺が入ってきたことにも気がついていないようで、真剣な様子でＬｏＦをしているところだった。……こんな遅くに。

「おい芹香」

「ひゃっ⁉」

俺は試合の切れ目まで待ってから声をかける。

肩に手をかけると、芹香はビクッと驚いて背筋を伸ばしながら振り向いた。

「け、けーたろ!?　もう、驚かさないでよね……！」

ムッとした顔を見せるも本気で怒ってるわけじゃないってのはわかっていて、俺は「悪い悪い」と言いながらゲーム画面を覗《のぞ》き込む。

「……いい調子みたいだな。キルレもいいし」

「当然でしょ。私を誰だと思ってるわけ」

「でも、もう随分と遅い時間だぞ？」

俺はＰＣの時刻表示に目をやる。午前三時を少し回ったところだった。

「帰ったらもう大会なんだから、寝てる暇なんてないわよ」

そう言って芹香は再び訓練場へ入る。

どうやらランクマで戦って出た課題を訓練場でブラッシュアップしているらしい。

本格的な練習法に、俺は普通に感心した。

が、同時にやっぱり言わずにはいられないことを口にする。

「あんまり根を詰めない方がいいんじゃないか？　休息だって必要だぞ」

しかし、芹香はこちらに振り返ることなくこう反論した。

「休んでなんていられないのよ。あんたがかかってるんだから。……推しに彼女ができるなんて、そんなの我慢できないでしょ。私は雪奈《ゆきな》のぞみとは違うのよ」

その相変わらずの返答に、俺は小さくため息を吐《つ》く。

仕方ないので、俺はずっと思ってたことを言ってみた。

「そうは言うけどさ。その彼女なんとかってのは、結局二人が勝手に言ってることだろ」

「何が言いたいのよ」

「俺の意思がないってことだよ。たとえラミアさんが勝ったとしても、俺は別に彼女と付き合うとかそんなつもりはないし」

「甘いわね」

俺の言葉に、芹香はふんっと鼻を鳴らす。

「たとえあんたがそのつもりだって、ラミアは普通に彼女面《づら》してくるわよ。今でもあんだけグイグイきてるんだから、そりゃもう遠慮なんて全然なしで」

「それでも俺が了承しなきゃ勝手に言ってるだけじゃないか」

「でもあんた、ラミアにハッキリそう言えるわけ？　結局はあの子の強引さに流されるばっかりになるんじゃないの？」

「そんなわけ――」

ない、と言いたかったが、少し言葉に詰まる。

……なにせあのラミアさんだからなぁ。彼女がいるって言っても平然と乗り換え提案してくるような人を上手くいなせるかというと……。

「ほら見なさい。私だって相手がラミアじゃなかったらこんな必死になってないわよ」

そう言われると、返す言葉がない。

芹香《せりか》は押し黙った俺に向けてさらに続ける。

「……私だってわかってるわよ。たとえ負けてラミアが彼女だって名乗っても、そんなの形だけだってね。でも、その形だけでも嫌なのよ私は。あんたに彼女ができるとか、想像するだけではらわたが煮えくり返るの……！」

ダミーに綺麗《きれい》なヘッドショットを決めながらそう言う芹香。

確かにその気持ちは俺もわかる。たとえ推しに彼氏ができたとしても、俺はその人ごと推すつもりではあるが、やっぱりどこか心にざわつくものが残ってしまうかもだから。

ましてや、それが勝手に言ってるとしたら許しがたい。推しに——たとえばマリエルさまが否定してるにもかかわらず彼氏を名乗るやつが現れたとしたら、間違いなく腹が立つ。

しかも、それに少しでもお墨付きを与えるようなことは到底我慢できないし。

そう考えると芹香の言ってることは正論だ。なにも言い返す事ができない。

推される立場ってのは、自分だけの気持ちじゃ済まなくなるものなんだってことを改めて考えさせられる。

「というわけで、私はまだ練習を続けるから、あんたは先に寝ていいわよ」

そう言って芹香は手をひらひらさせるが、俺はその場を動かなかった。

それどころか、芹香の近くに腰を下ろして練習姿を眺めることにした。

芹香はそんな俺を横目でチラッと見ただけで、それ以上は何も言わず、再び練習に集中するのだった。

「…………」

「…………」

しばらくの間、無言の時間が流れる。

聞こえてくるのは芹香がキーボードとマウスを扱う音と、いつの間にかヘッドホンからスピーカーモードになっていたゲーム音だけ。

深夜のリビングに規則的な銃声だけが響き渡る――……って、これじゃ随分物騒な表現だな。いや、正しいんだけどさ……。

「そういえば……」

俺は芹香をジッと見つめながら、ぼんやりと頭に浮かんだことを口にする。

「昔もこんなことがあったよな」

「昔？」

「子供の頃だよ。あれは、えっと……、小学校低学年くらいだったっけ……？」

俺はそう言いながら、過去の記憶を掘り起こしていく。

……ああそうだ、確かにあれは小学二年生の時だったな。

「ほら、俺がお前の家で遊んでたらお客さんが来た時があっただろ？　その時にさ、そのお客さんが連れてきてた俺達と同じくらいの歳《とし》の女の子と遊ぶことになったよな」

「ああ……」

芹香も思い出したのか、少し顔を上げて相槌《あいづち》を打つ。

「あんた、その時のこと憶《おぼ》えてるの……？」

「あんまりよくは憶えてないけど、大体のことはな。その時俺達はお前の部屋でゲームしてたよな。まあ当時はまだお前ゲームに興味なかったから、俺が持ち込んで勝手にやっててお前は見てるだけって感じだったけど。……とにかく、そこにその子がやってきて一緒にゲームをすることになったんだよな」

……うん、そうだ。だんだん記憶がハッキリしてきた。

「でさ、その子がなんかちょっとあれだったんだよな。生意気っていうのか……。でもゲームは結構上手《うま》かった記憶があるな。それでどういう流れだったか忘れたけど芹香と対戦して、それで芹香がボコボコにされて……」

芹香はゲームとかしないから対戦したらそうなるのは当然だったんだけど、じゃあなんで対戦することになったんだったっけ？

……ううん、その辺は思い出せないな。ただ芹香がその子に負けたってことしか。

「実力差があったから、なんかその子が芹香をからかうようなプレイをしてたんだっけかな？　とにかくそれで芹香を負かしてその子は高笑いで帰って行って……。んでその後だったよな。涙目で『悔しいっ！』って俺に言ったの」

「……く、くだらないことだけは憶えてるわね」

「お前はその子にボコされたことにメチャクチャ悔しがっててさ。それでゲームなんかロクにしたことないのに、その子に勝つためだけに練習することにしたんだよな。絶対にリベンジするって言ってさ」

「……まあね」

「あの時はすごいやる気だったな。涙目でコントローラー握ってた姿は今でもバッチリ記憶に残ってるぞ。それで必死に練習を続けて……、んで結局は見事にその子に勝ってリベンジを果たしたんだよな」

そう、そうだった。そこが芹香のすごいところだ。

　ゲーム経験はほとんどなかったくせに、負けん気だけでちゃんと勝つんだから。

「……なんで急にそんな話を？」

「ああいや、特に深い理由はないんだ。ただ、練習してる芹香を見てたらふと思い出したんだよ。今も昔もやると決めたらとことんまでやる性格だったなって。……悪い、練習の邪魔しちゃったか」

「そ、そんなことはないけど……」

　芹香はそう言って、なぜかチラチラとこちらをうかがうような視線を向ける。

　なにか言いたそうな顔だけどどうしたんだ？　と思っていると、

「……ね、ねえ、憶えてるのってそれだけ？」

　ポツリとそんなことを言ってきたので、俺は「え？」と首を傾《かし》げる。

「それだけって、他に何かあったっけ？」

「お、憶えてないなら別にいいんだけど……」

「そう言われると気になるぞ。教えてくれよ」

「だから、特に何もないって……！　ただ……」

「ただ？」

「……私がやると決めたらとことんやるって言ったけど、あんたはそのたびに付き合ってくれてたなって……」

「ああ、なんだそんなことか」

「な、なんだとはなによ、なんだとは！」

……いや、なんで唐突にキレてんだよ……。

「俺はただ、幼馴染《おさななじみ》なんだからそんなの当たり前だろって思ったからさ。それに当時はお前、ゲームやったことなかったし」

「べ、別に昔のことだけじゃなく、今だってそうじゃない。練習にずっと付き合ってくれてたし、今だってこうやって……。それにそもそもラミアの件は私のせいなのに、彼氏役とかも、その……」

歯切れ悪くそう言う芹香だが、俺はちょっと笑い出しそうになった。

こんな殊勝な芹香なんて珍しかったからだが、どういう風の吹き回しだ？

「もしかして、そんなこと気にしてたのか？」

「な、なによ！　悪い!?　私は謙虚な人間なのよ！」

「……まあそこにツッコむのはとりあえずやめておくとして、別に気にする必要なんてないぞ？　幼馴染に協力するってのは今も昔も変わってないし、それに……」

「そ、それに……？」

「お前はマリエルさまだろ？　マリエルさまは俺の最推しＶＴｕｂｅｒなんだから、ファンとして推しに力を尽くすのは当然だ。いやむしろ逆に、協力させていただいてありがとうございますってお礼をいう立場だ！」

「……ふふ、なにそれ？」

芹香は少しポカンとした顔を見せた後、おかしそうに笑った。

……別に受け狙いのことを言ったつもりはないんだが。

「あんたらしい答えよね。ほんと、昔から全然変わってない……」

芹香はひとしきり笑った後、ちょっと呆《あき》れたようにそう呟《つぶや》く。

それから少し無言になった後、ふっと笑顔を消して俺の方を真《ま》っ直《す》ぐに見据えた。

「ねえけーたろ、大会のことなんだけど、ルールがソロサバイバルであんたも出場するってことは、当然私とあんたも敵同士ってことになるわよね？」

「え？　なんだよいきなり」

「確認よ確認。こうやってあんたには協力してもらってるけど、大会が始まったら敵同士だってこと。私はラミアと勝負してるけど、それとは別に優勝も目指してるんだから、あんたも手加減とかするんじゃないわよ」

「……それはもちろんそのつもりだよ」

俺は当然だと頷《うなず》く。

その答えに、芹香は「わかってるならいいわ」とだけ言って、また練習へと戻った。

その姿をしばらく眺めていると、なんだか少し眠くなってきてあくびが漏れた。

「私はまだ続けるから、あんたは寝ていいわよ」

その言葉に従って、俺はＬｏＦを続ける芹香を残しリビングから出る。

そして自室に向かって歩きながら、さっきの芹香の言葉を思い返す。

「……手加減とかするんじゃない――か」

実はそう言われたとき、内心ではドキリとしていた。

というのも、俺は大会で手加減どころか密《ひそ》かに芹香の――マリエルさまのサポートをしようと思っていたからだ。

二人の勝負の結果がどうなろうとラミアさんと付き合うつもりはないってのは、さっき言った通りだ。その言葉にウソはないし、だから心配もしてないってのも本当。

だけど、もしマリエルさまが負けた場合、ラミアさんのことだからきっとややこしいことになると思った。だから、勝負自体はマリエルさまが勝つ方が望ましい。

いけないことだとは思ったけど、あくまでも大会はお祭りだ。目立たない程度のサポートをしてマリエルさまを勝たせよう――そう思っていたのだが、やめた。

さっき昔の話をして思い出したのだ。芹香《せりか》はやるときにはやるやつだってことを。ゲームなんてほとんどやったことなかったにもかかわらず、意地でリベンジを果たした芹香のことだ。俺のサポートなんてなくたってきっと大丈夫なはず。

「……ほんと、俺の幼馴染はすごいやつだよな」

昔からそうだったけど、ひたむきに何かに打ち込んでいる芹香の姿を見ていると、なんだかこっちまで気が引き締まるような気がする。

大金持ちのお嬢さまでハーフの美少女で、頭はよくてスポーツもできる完璧超人。それから大人気VTuberマリエルさまでもある芹香。

そんな全てを持って生まれ誰からも羨まれるような存在だが、実際は裏ですごい努力を重ねていることを俺は知っている。昔からそんな姿をずっと見てきたんだ。

それは今回も変わらない。芹香は常に自分の心に従って、やるべきことをやっているだけだ。俺はそんな幼馴染を信頼するしかない。

「……そもそも推しのマリエルさまを信じずに片八百長《やおちょう》をしようとかどうかしてたな俺。まったくファン失格じゃねーか」

そんなことを呟きながら苦笑する。

……さて、マリエルさまのサポートはやめておくとして、じゃあ俺は大会でどう動くべきなのか——それを考えないといけないな。

俺はそんなことを考えながら自室へと入り、ベッドに横たわる。

具体的な案はすぐには思いつかなかったが、それでなんだか心が軽くなったような気がして、俺はその後すぐに眠りに落ちたのだった。

☆

けーたろが去って行った後も、私はＬｏＦの練習を続けた。

ソロでランクマに潜り、実戦の感覚を研ぎ澄ませていく。

帰ったら、その日の夜にもう大会なのだ。残された時間はほとんどない。

私は不要な戦いを避けつつ生き残る動きに徹する。そんな中、安全な場所でフィールドの縮小を待っている合間に、ふとさっきのけーたろとのやり取りを思い出した。

「……私ががんばれるのはけーたろがいるからよ。あんたはいつだって私に力をくれるんだから」

それは本当はけーたろの前で言いたかったセリフだけど、もちろんそんなことは恥ずかしくて言えるわけがない。

だからこうやって、一人でいる時だけ口にする。自分でもいくじがないって思うけど仕方がない。だって私は本当にけーたろのことが好きなんだから。

「……そういえばあいつ、あんな昔のことも覚えてたのね」

ふと、さっきけーたろが言っていた小さい頃の出来事の話を思い出す。

パパのお客さんが連れてきた女の子と一緒に遊んでってあれだ。

だけど、実はけーたろの語った内容はいろいろと抜け落ちてる部分がある。

私はハッキリ憶《おぼ》えてるから断言できる。

「思えばあれも、私がけーたろのためだからがんばれたってエピソードの一つよね……」

そう呟きながら、私は自然とその時のことを思い出していた。

その女の子はゲームが上手《うま》くて、私は最初その子と対戦してコテンパンに負けた。

けーたろが言ってた通りそれは事実なんだけれど、けーたろはそもそもどうして私がその子とゲームで戦うことになったかっていう経緯は忘れているみたいだった。

理由は簡単。その子がけーたろのことをバカにしたから。

その女の子は生意気というか高慢というか、とにかく自分がお金持ちの家の子だってことを自慢してくる人間だった。

……よくいるのよね。そこくらいしか誇れることがないって言ってるのと同じなのに。

まあそれはともかく、そんな性格の子だったので、けーたろが単なる私の友達だって知って「庶民だ庶民だ」って見下したのが発端だ。

けーたろは特に気にしてなかったみたいだけど（実際憶えてなかったってことは間違いなくそうね）、私は当然ブチギレた。なにせ大切な幼馴染を下らない理由で目の前でバカにされたのだ。キレない方がどうかしてる。

で、謝れ謝らないって話になって、じゃあゲームで決着をつけようってことになった。

この辺りが子供っぽいけど、実際子供だったから仕方ない。

で、結果はさっきも言った通り私のボロ負け。

その子がゲームが上手かったっていうのもあったけど、敗因は私がゲームなんてほとんどしたことがなかったからっていうのが大きい。

……けーたろがゲームばっかりであんまり私をかまってくれなかったから、それで昔はゲームにあんまりいい印象がなかったのよね。ゲームじゃなくて私と遊んでって感じで。

まあそれで、女の子は高笑いで帰って行って、私は泣いた。

けーたろは初心者なんだから仕方ないって慰めてくれたけど、私が泣いたのはゲームで負けたこと自体じゃなくて、そのせいでけーたろがバカにされたままだったから。

……まあ当の本人はそのことをわかってなかったみたいだけど。

でも、私は当然そこで引き下がったりはしなかった。

絶対にその女の子に勝ちたいって思って、ゲームの猛練習を始めた。

わざわざゲーム機まで買ってもらって、けーたろにも練習に付き合ってもらって。

けーたろは突然ゲームをし始めた私に驚いてたけど、心の中であんたのためだって思いながらがんばってたのよね。

で、上達した私は次に会った時に見事その子をボコボコにしてわからせてやったわ。

けーたろにもちゃんと謝らせたけど、その時もやっぱりけーたろはよくわかってない顔をしてて、泣きじゃくってたその子にオロオロするばかりだったっけ……。

「……やってることが今と全然変わってないわね」

私は自分の行動を思い返して苦笑する。

ほんと子供の頃と全然変わらない。今もまさに、あの時と全く同じことをしてる。

けーたろのために必死になってゲームの練習をしてるんだから、まるで成長してないって言われても仕方がないのかも。

……でも、そこは変わらなくてよかった。ううん、変わっちゃダメな部分だ。

大好きなけーたろのためならどんなことでもがんばれる。

それは今も昔も変わっていない。私の行動原理は全部けーたろ絡《がら》みで、どれだけあいつのことが好きなんだって感じだけど、それだけ好きなんだって返すしかない。

ゲームをし始めたのもVTuberになったのも、全てはけーたろに振り向いてもらうためだったわけだし、けーたろが他の女に狙われている今、必死になって動いてるのは私にとってはとても自然なことだ。

……けーたろはもしかして、私のことを努力家だって思ってるかもしれないわね。

でも、それは勘違い。努力は嫌いじゃないけど、それは私が努力家だからじゃない。

私ががんばれるのは、けーたろがいつも傍《そば》にいてくれたから。

なんでもできるけど素直になれず、周りと馴染《なじ》めない私といつも一緒にいてくれて、私と世界をつなぎとめてくれた大切な存在。

けーたろが幼馴染《おさななじみ》でいてくれたから、こんな私でも生きてこられたのだ。

私にとってけーたろはかけがえのない存在で、そして大好きな人。

……だからこそ、私はけーたろに関する勝負では絶対に負けられない。

特に今回は、そんなけーたろを直接狙ってる女との闘いなのだ。

……まったく、なによ彼女にしてくれって！　私じゃ絶対言えないようなことをあの子はよくもヌケヌケと……！

しかも私っていう彼女が（役だけど）いるって言ってるのに、平気な顔で乗り換えないかですって⁉　どんだけ図太い神経してるのよ！　エッチな自撮りとかも平然と送ってくるし……！　あの地雷系女はあぁ……！

思い返すと何度でも腹が立ってくる。

ラミアは同じ事務所の同期で友人だけど、残念ながら女の友情は男がいないところだけでしか成立しないから！

「私のけーたろに手を出すなんて……！」

そうやってムカムカしてたら突然敵が物陰から出てきたので、私は容赦なくその頭をマグナムで吹き飛ばした。八つ当たりみたいになってしまったけど、そうじゃなくても撃ってたから許してほしい。

「……ま、まあ正確にはまだ私のじゃないけど、将来的にはそうなるように努力する予定だからいいのよ！」

私は誰に言ってるのかわからない言い訳を口にしながら、次の安全地帯へと移動する。

……とにかく、大会では絶対にラミアに勝つ！　優勝する！　そして、誰がけーたろの彼女に相応《ふさわ》しいかわからせてやる！

「ううん、それだけじゃない。優勝したらけーたろに、こ、告白するんだから……！」

自分でも勢いで言ってるとわかっていた。

しかし、それでも私は考えを撤回しようとはしなかった。

いつかはしないといけない告白。だったらこの機会に勢いに乗ってしてしまうべきだ。

優勝したらけーたろに告白する――すっかり熱くなってしまった頭の中は、すっかり告白一色になってしまっていたが、同時に覚悟も固まっていた。

「けーたろは誰にも渡さないんだから……！」

私は改めてそんな決意を口にしながら、窓の外が白むまで練習を続けるのだった。

▽

『さーて、いよいよ開幕したＬｏＦストリーマー大会ー。早速大注目のソロサバイバルバトルが始まるでー』

総合司会のナッツさんがいつも通りの関西弁アニメ声でそう告げると、俺は小さく深呼吸をして息を整える。

合宿から帰ってきた日の夜。場所は自室。

俺はＰＣの前に座り、ＬｏＦのロビー画面を前にして静かに時を待っていた。

……ついに大会が始まってしまったな。

柄にもなく緊張している自分がいる。初めてストリーマー大会に招待されてしまったってのもあるけど、やっぱり一番の理由は芹香とラミアさんの戦いだ。

『いやー、今回の大会はとにかく参加選手が豪華なんが特徴ですねー。有名LoFプレイヤーさんや実況主さん、それにVTuberさんと盛りだくさんですしー』

試合が始まるまでの間、ナッツさんが出場選手の紹介をしている。

やがてティンクルライブの話になった時、自然と耳を傾けている自分がいた。

『その中でも注目はやっぱりティンクルライブのお二人さんかなー。今回は堕天院《だてんいん》マリエルさんと九印《くいん》ラミアさんのお二人が出場してはるんですけどー、このお二人は始まる前からSNSでもバリバリ煽《あお》り合ってましたからねー』

「……そういやそうだったな」

俺はその言葉を聞いて思い出した。

二人の勝負はあくまでも個人間のもので大会に関係はない。

だから他の人は知らないままやるんだと思ってたら、あいつらSNSで思いっきり勝負してるってことを発信してたんだよな……。

もちろん俺をめぐってってことは伏せてたけど文面で、

『今日はラミアさんに目にものを見せてやります！　格上だってことは認めますが、私に勝負を挑んだことを後悔させてやりますわ！』

『本日はマリエルさんと大切なものをかけて勝負することにしました。みなさん、どうか私の応援をしてくださいね』

なんてガッツリやり合ってたからな……。

ファンは二人ともエンターテイナーだって盛り上がってたけど、実態はガチゲンカだって知ってる俺からすればなんともいえない感覚になった。

あ、もちろん俺はマリエルさまの方に『いいね！』しといたけどな？

とにかく、そんな感じで二人の勝負が公然の事実と化してしまったし、いよいよ試合の行方がどうなるのかわからなくなってきた。

「……ん？　グループメッセ？」

とその時、横に置いていたスマホにメッセが届く。

見るとゆきと紗菜《さな》からで、間もなく始まる大会に向けての応援メッセージだった。

芹香《せりか》と俺宛てで、芹香には絶対にラミアさんに勝ってくれという内容、俺には大会がんばってという激励で、少し気分が和んだ。

こうやって応援してくれてる人もいる。今更オタついてても仕方がない。

「俺のやるべきことはもう決まったしな……」

そう、俺は自分が大会中どう動くべきなのかを既に決めていた。

といっても、昨晩からほぼ一日かけて、ついさっきようやく覚悟を固めたってレベルなんだが、それでももう迷いはなかった。

俺は送られてきた運営からの招待を受けサーバーに接続する。

同時に、ゲーム画面の裏でマリエルさまとラミアさんのライブ配信を再生し、音声だけ聞こえる状態にした。

二人とも公式チャンネルとは別に自分の配信でもライブをしている。というか、ストリーマー大会だからほぼ全員がそうしてると思う。

一方で俺は、今回はライブ配信はしていなかった。

ストリーマーとしてそれはどうなんだと言われるかもしれないし、そのことを言ったらゆきと紗菜から思いっきりブーイングされたが、状況が状況だけに実況しながらってのはマズいと判断したのだ。

今回のメインはあくまでマリエルさまとラミアさん。だから二人のやり取りに集中するためにも、今回は実況はなしでいく。ちなみに音声だけなのは、ゲーム画面まで見えたら場所がわかるからだ。ガチ大会じゃないから別にいいとは思うけど、それはなしで。

『さあ、いよいよですわ。ラミアさんに勝てるよう、応援よろしくお願いしますわ』

『マリエルさんには申し訳ないですが、私が負けることはありません。実力の違いというものをお見せいたします』

「……やってんなー」

配信でも当然のようにやり合ってて、俺は苦笑する。

リスナーにとっては単なるミニイベントのようなものだが、裏を知ってる俺としては二人の本気度が伝わってくるようだった。

『お、準備が整ったようですー。それじゃあＬｏＦストリーマー大会のソロサバイバルバトル、いってみましょおおおー！』

その時、開幕を報《しら》せるナッツさんの声が聞こえてきて、ゲーム画面に『マッチを開始します』という文字が表示された。

……さあ、いよいよ試合の始まりだ！

『おっとー、いきなり激しい撃ち合いが始まってますねー』

ドロップシップから降下して初動武器を漁《あさ》っていると、ゲーム内からナッツさんの声が聞こえてきた。なんとＬｏＦではホストの実況音声が全プレイヤーに聞こえるようにできる機能がある。

ガチ大会では使われないがこういうお祭り大会では生きる機能で、実際盛り上がる。

うん、やっぱＬｏＦは神ゲーだわ。

「……って言ってる場合じゃないな。まずは生き残ることに集中しないと」

俺は目的の武器を探す。今回の動きに必要な武器があって、具体的にはスナイパーライフルなわけだが、運よく最初に降下した場所でスコープと一緒にゲットできた。

『申し訳ありません。私、ラミアに会うまで倒れるわけにはいきませんから。ラミアー、どこにいるんですのー？』

『目標はマリエルさんのみです。それ以外の方は、すみませんが全員倒させていただきます。死にたくなければ前に出ないでくださいね』

裏の配信からマリエルさんとラミアさんの声が聞こえてくる。

ですわ口調のお嬢さまキャラとラミアさまと和風美人な清楚《せいそ》キャラなので、二人とも言葉づかい自体は丁寧だけど、言ってることは物騒極まりねーな。

それはともかく、二人ともまだ出会っていないようで俺はホッと胸をなでおろす。

「作戦実行前に倒れられたら元も子もないからな……、と」

俺は遭遇した敵を倒しながらとある場所へと向かう。

そこはマップ中央にある高台で、四方を見渡せる絶好のスナイピングスポットだった。

そこから狙撃して勝ちにいくのかというと、そういうわけじゃない。ここらで俺が一日かけて辿《たど》り着《つ》いた結論――とるべき作戦を明かすとしよう。

俺のスタンスは『二人の闘いを見守る』だ。

当初はマリエルさまをサポートしようとしていたわけだが、考えを改めた今はどっちかに肩入れするつもりはなかった。けど、だからといって完全に傍観を決め込んで流れに身を任せるってつもりもない。

じゃあどうするのかというと、二人の戦いの場を整えるのが俺のすべきことだと考えたわけだ。具体的にはどういうことかというと——

「……お、あれはラミアさんだな」

高台からスコープ越しに索敵していると、北東の基地でラミアさんが戦闘している姿が見えた。俺はピタリと照準をラミアさんの操るキャラの頭部へと合わせる。この距離なら普通に撃ち抜けるが——もちろん引き金は引かなかった。

とその時、ラミアさんの背後から近づく他プレイヤーの姿が見えて、素早く照準をそっちに移すと、今度は躊躇《ちゅうちょ》なく撃った。残りプレイヤー数が一つ減る。

『スナイパー？　ここでの戦闘は危険ですね。マリエルさんを捜しに行きます』

ラミアさんはそう言って基地を離れる。俺はそれを目で追いながらも当然見逃す。

……そう、これが今回俺がすべき動きだった。

二人の勝負の邪魔になるプレイヤーを排除し、一対一の状況を作り出す。

とりあえず自分の勝負はどうでもいい。とにかくマリエルさまとラミアさんに襲い掛かる他プレイヤーを倒す。そのことだけに集中するのだ。

「おっと、マリエルさまも発見。悪いがマリエルさまを倒そうとするやつは生かしておくわけにはいかないな」

北西の発電所跡で戦闘しているマリエルさまを発見して、俺は周囲の他プレイヤーをスナイパーライフルで撃ち抜いていく。

……事情が事情なんで許せよ。まあ俺はマ天使だから、普通にプレイしててもマリエルさまを狙うやつは容赦なく撃ってただろうけどな！

『おっと、狙われてますわね。長居は無用ですわ。移動しますわね』

マリエルさまの実況音声が聞こえてきて、俺はちょっと残念に思う。

……くそー、今頃コメ欄は超盛り上がってるだろうな。俺もマリエルさまの大会ＬｏＦ実況にリスナーとして参加したかったぜ……！

やっぱりリアルタイムが一番盛り上がるからな。まあラミアさんとの勝負がなくても、今回は俺も参加者だったからどのみち無理だったんだが。

『え？　今のスナイパーはケイさま⁉　キル表示がケイさまだった？　あ、危なかったですわ。早くラミアを捜さないと』

「うお、マリエルさまが俺の名前を……！」

マリエルさまの高貴な声で名前を呼んでもらい、感動をかみしめる俺。

……うん、推しに名前を呼んでもらえる喜びはやっぱいいもんだ（今回は敵だけど）。

どうやらコメ欄に教えてもらって俺だと気付いたらしい。他の配信者の情報を教えるのはマナー違反だが、今回みたいにマリエルさまの画面でわかる情報を指摘するのはかまわない。さすが俺と同じマ天使達。わかってるじゃないか。

『おおー、戦いも佳境ー。プレイヤー数はもう三分の一にまで減ってますねー。さすがソロサバイバルだとガンガンやり合っておもろいなー』

と、そんなこと考えてる場合じゃなかった。

俺はまたスコープを構えて二人を捕捉しようとする。

「二人の位置は………、あっ！」

が次の瞬間、北の森付近でついに二人が接触したのが見えた。

『ラミアー！　ついに見つけましたわ！　お覚悟なさい！』

『マリエルさんですね！　そのお命いただきます！』

「うっわ、思いっきりやり合うか⁉」

俺はハラハラしながらスコープ越しに二人の闘いを見守る。

ＦＰＳはゲームデザイン的にオフェンスが強く、勝負は一瞬でケリがつく場合が多い。

今回もそうなるか……⁉　と思っていたが、意外にも二人は接近せず、木々を盾に遠距離からけん制し合っているじゃないか。

……そうか、お互いに絶対負けられない戦いだから慎重になっているんだな。

熱くなっているようで冷静な二人に、とりあえず俺も落ち着く。

すぐに決着がつく様子はない。……ってことは。

「悪いが、二人の闘いを邪魔するやつは俺が許さん……！」

俺はさっきと同じように、銃声に釣られてやってきた他プレイヤーをスナイパーライフルでどんどん倒していく。

『今回ばっかりは許しませんわ！　大人しく私に倒されなさい！』

『倒されるのはそっちです。実力の違いというものを見せてあげます』

『後からきた泥棒猫の分際で！　私は絶対に負けるわけにはいかないんですわ！』

『私の方が魅力的なら自然なことでしょう？　脳筋女は諦めも悪いですね』

『なんですってー！　登録者数で私に敵《かな》わないくせに！』

『可愛《かわい》いＶＴｕｂｅｒランキングで私に負けたことも忘れたんです⁉』

『私は可愛いじゃなく美人ＶＴｕｂｅｒなんですわ！　エロで釣って獲得したランキング

なんてなんの価値もありませんわ！』

「…………うわぁ」

その間も二人のやり取りは続いていて、俺は思わず呻《うめ》いた。

……ってか、人気ＶＴｕｂｅｒがこんな言い争いしてていいのか。二人ともヒートアップしてて、ロプレイの領域に入ってるぞこれ……。

『おおっと、マリエルさまとラミアちゃんがバチバチにやり合ってるでー。コメント欄も大盛り上がりで、いいぞ！　もっとやれー！』

「おい！　いいんかい！」

公式実況までノリノリで煽《あお》ってるけど、お祭り大会にもほどがあるだろ！

そうは言いつつ、事情も知らずに聞いてる分には楽しいだろうなとも思う。

……くそ、俺もこの戦いを純粋に傍観者として楽しみたかったぜ！

『私の方が魅力的ですわ！　この地雷女！』

『なにがお嬢さまですか！　気取ってるだけでしょ！』

銃弾が飛び交いグレネードが弾《はじ》ける中、ますます激しくなっていく二人のやり取り。

女性のケンカは恐ろしいというが、まさに地獄のような光景だ……。

『さて、ついに最終ゾーン！　中心は……、なんとマリエルさまとラミアちゃんの間くらいですねー！　残り人数もわずかやー！』

「マジか！　よりにもよって……！」

俺はマップを確認し、最終ゾーンの位置を見て顔をしかめる。

運命のいたずらか、二人の戦場がまさに最終戦の舞台となっている。

今いる高台もゾーンから外れているから、とりあえず二人のいる場所に移動するしかない。どうなるかはわからないが……！

「くそ……っ！　当たり前だけど生き残りプレイヤーも集まってきてる……！」

俺は移動しつつ、発見した他プレイヤーを次々と倒していく。既に最終ゾーン辺りでドンパチしてる二人は格好の標的だ。だからこそ、狙われる前にいち早く俺が倒さないと二人の戦いの邪魔になる！

俺は二人に見つからないよう、なおかつ二人を狙う敵を倒すというハードなミッションを課せられる。が、やるしかない！

『さあ最終ゾーンになりましたー！　生存者は三人！　マリエルさまとラミアちゃん！　それから……、これはケイの実況チャンネルのケイ選手ですねー！』

なんとか他の敵を片付けた俺は、素早く二人から身を隠す。俺の存在を気取《けど》られてないかと思ったけど、二人は互いに夢中で気付いていないようで安心した。

『く……っ！　決着をつけますわラミア！』

『望むところです！』

最終ゾーンは徐々に狭まっていき、ついに二人も接近戦をせざるを得なくなった。

木々の間から出て対峙《たいじ》するマリエルさまとラミアさんを、俺は固唾をのんで見守る。

……ここまできたら、あとは純粋に一対一の勝負。どっちが勝つ⁉

『……あっ！』

お互いにアサルトライフルを撃ちながら突撃する二人。

だがやはりラミアさんの腕が上だったのか、マリエルさまの方が多く被弾してしまったらしく、アーマーの割れる音が聞こえた。

『……くっ！』

『もらいました！　これで私のもの……！』

しかもその瞬間にお互いアサルトライフルの弾が切れ、サブ武器へと切り替える。

ラミアさんがサブマシンガンなのに対し、マリエルさまは……、マグナム⁉

『勝負ありですね！　ヘッドショットさえくらわなければ、私はまだマグナム一発では死にません！』

その言葉通り、ボディに一発当てても倒れない体力ならラミアさんの有利だ！

マグナムは一発のダメージは重いが連射がきかないから……！　マリエルさまが負けてしまうのか……！

俺は目を見開いて目の前の戦いを眺める。

マリエルさまのマグナムが火を噴いてラミアさんに命中。だが、残念ながらヒットしたのはヘッドじゃなくボディの方だ。

当然ラミアさんはやはり倒れず、サブマシンガンで反撃する。……ダメか！

『……まだっ！』

だが次の瞬間、まだクールダウンが終わってないはずのマリエルさまのマグナムが二発目の銃弾を発射したのだ。

『え⁉』

その銃弾は、驚くラミアさんの頭部を見事貫き、そして――

『おおおおー！　マリエルさまがラミアちゃんを倒したでー！』

キル表示が画面に流れる。倒したのは、そして最後にその場に立っていたのはマリエルさまの方だったのだ。……あ、あの技は！

『……はぁはぁ、これがケイさま直伝のマグキャンですわ……！』

そう、俺が見つけてこの前マリエルさまに教えた、マグナムのクールダウンをキャンセルする技――通称『マグキャン』だった。

……す、すごい。あれをまさか本番で決めにくるとは。

『……ごめんなさいラミア。この戦い、私はどうしても負けるわけにはいかなかったのですわ。この世で一番大切なものがかかってましたから……』

裏の配信から聞こえるそのマリエルさまの言葉に、俺はなんだか泣きそうになった。

……まさかマリエルさまが最後に俺の技で勝つなんて……！

俺は感動で震えそうになりながらも、なんとか気を引き締める。

「と、とにかくこれで、勝負はマリエルさまの勝ち――」

……と、思っていたのだが。

『おおっとー！　これで最後に残ったのはマリエルさまとケイ選手やー！　はてさてどっちが最後に生き残るのかー！』

「え？」

『え？』

ナッツさんの言葉に、俺とマリエルさまの声が綺麗《きれい》にハモった。

気付いたら、ゲームの中で俺のキャラとマリエルさまのキャラが対峙していた。

このゲームはソロサバイバル。当然最後に生き残ってた方が優勝なわけで……。

「え、えーと……」

ずっと隠れていた俺は当たり前だけどフルヘルスだ。

一方で、ラミアさんとの激戦を制したばかりのマリエルさまは、アーマーも割れていて残弾も尽きた満身創痍《そうい》状態。

引き金を引けば、それだけで簡単に俺の優勝が決まってしまう状況。

……しかし、それでいいのか？

二人の戦いの事ばかりで、こうなることを予想していなかった。

でも考えてみれば、二人の間で決着がつけば、生き残りの一人と対峙するのは明白だったわけで――……あぁくそ！　想定してなかったとかバカすぎるだろ俺！

……どうする？　どうする!?

ラミアさんを死闘の末になんとか倒したマリエルさま。

推しで応援してるってこともあって、俺はマリエルさまに優勝はしてもらいたかった。

ただ、かといってこの場面で俺がわざと負けるなんて選択肢はありえない。

それに、そんなことをしたってマリエルさまは喜んだりはしないだろう。

マリエルさまはいつだって自分の力でゲームに取り組んできた。その姿を俺は配信でずっと見てきたじゃないか。

推しの優勝を願う気持ちと、推しの誇りを尊重したいという気持ちがせめぎ合う。

激しい葛藤だったが、結論はすぐに出た。

……マリエルさまは俺を推してもくれているんだ。ゲーマーとしての俺をな。

だったら、ゲーマーとして失望させるようなことはできないよな！

『おおっとー⁉　なんとケイ選手撃たない！　それどころか、回復しろっていうジェスチャーをしとるでー⁉』

ナッツさんのその実況通り、俺はマリエルさまにトドメを刺すことなく、代わりに回復するよう促すジェスチャーをする。そして距離をとり、木陰へと隠れた。

『け、ケイさま？』

マリエルさまは戸惑ったような声を出しつつも、回復キットを使用する。

……おそらく意図は伝わったと思う。

『こ、これはタイマンやー！　なんとケイ選手、大会の最後の最後で漁夫での決着をよしとせず、マリエルさまとタイマンをするつもりやでー！』

『……っ！　なるほど、そういうことですのね！』

期待通り、ナッツさんもマリエルさんも俺の意図をちゃんと汲《く》んでくれたようだ。

そう、俺はマリエルさまとタイマンで決着をつけることに決めたのだ。

マリエルさまに推される者として恥ずかしくないよう、そしてマリエルさまを推す者としてどこまでも推しを信じるために。

マリエルさまも木陰に身を隠し、一時の静寂が辺りを包む。

そうこうしている間にもバリアは狭まってきており、お互い様子見している時間はなかった。おそらく勝負は一瞬で決まる。

『いきますケイさま！』

その声で、俺とマリエルさまは同時に木陰から姿を現した。

お互いアサルトライフルで撃ち合い、ほぼ同じくらいのダメージをくらい合う。

もちろん俺は回避運動しているが、さすがマリエルさま、狙いが正確だ……！

そうして互いのアーマーが割れると同時に、アサルトライフルの弾が切れた。リロードなどしている暇があるはずもなく、俺もマリエルさまもサブ武器へと切り替えて勝負に出る。マリエルさまはもちろんマグナムで、俺は――

『ケイ選手のサブ武器はスナイパーライフルや！　これは決まったか!?』

『もらいましたわケイさま！』

近距離では圧倒的に不利なスナイパーライフルを構えながら、しかし俺は落ち着いていた。スコープを使わず腰だめで撃ち、弾は見事命中するも、ヘッドショットとはいかずにマリエルさまは生きている。

ちなみに、俺の方もマグナムを胴体にくらって瀕死《ひんし》だ。次で決まる……！

『いける！　ここでマグキャン……！』

クールダウンをキャンセルし二発目を撃とうとするマリエルさま。

スナイパーライフルはマグナム以上にクールダウンが長く、このままでは俺が撃たれて負けてしまうだろう。……そう、普通なら。

次の瞬間、重い銃声が響き渡った。

そして最後に立っていたのは——

『な、なんと、マリエルさまが倒された!?』

画面にチャンピオンの表示が出て、俺は大きく息を吐きながら椅子にもたれかかる。

……はあぁ、今までのＬｏＦ人生で一番集中した一戦だったかもしれない。

『決まったー！　優勝はケイ選手やー!!』

ナッツさんのその宣言で見事にＬｏＦストリーマー大会は決着した。

俺は勝利の喜びをかみしめる余裕もなく、ただただ疲労に身を任せる。

『いやー、見事でしたねー。序盤は安全な場所からスナイパーでキルを稼ぎー。最終ゾーンもマリエルさまとラミアちゃんを餌にして集まってきたプレイヤーを狩り、最後はなんと相手の回復を待ったうえでタイマンでフィニッシュやー。しかし最後のあれ、なんでケイ選手が先に撃てたんやろなー？』

「ああ、あれは……」

ナッツさんの疑問に、俺は心の中で回答する。

なんのことはない、あれもマグキャンと同じでリロードキャンセルでクールダウンをなかったことにする技だ。

原理は全く一緒。ただスナイパーライフルで普通は近距離戦なんてしないから使う機会がなかったというだけの話だ。実用的なことを考えて『マグナムキャンセル』って技名にしたけど、他にも使える武器があったってこと。……一応Ｗ・ｉＫ・ｉにも書いといたぞ。

『しっかしケイ選手はすごいなー。キル数もえげつないことになっとるでー』

「……あ、ほんとだ」

自分の成績とかそっちのけでプレイしてたから気付かなかったけど、普段のプレイでもあんまり見られないくらいキル数とダメージを稼いでいた俺。

グループメッセにはゆきと紗菜《さな》から祝福のメッセージが届き、公式チャンネルでは称賛の声が届く中、マリエルさまの配信からは悲痛な声が聞こえてくるのだった。

『せ、せっかくラミアを倒したのに⁉　なんで……、なんでこんなオチになるんですのおおおおおおおおおぉっ‼』

▽

「えっと、その、あれだ……。お、お疲れさまでした……」

俺はPCに向かいながら、おずおずとそんな発言をする。

ディスプレイにはLoFのロビー画面が映っている。そこにはマリエルさまとラミアさんもいて、今まさにゲーム内ボイチャを始めたところだった。

大会が終了しそれぞれ配信を終えた後、俺達は結果について話すために集まったわけなのだが……、空気が重い……。

『うう……、優勝したって確信したのに！　負けた私が悪いんだけどさ……！』

『あーんっ！　みあたむ負けちゃったあぁっ！　なんでなんでなんで⁉　なんでマリてやに負けちゃうのおぉっ⁉』

口を開くやいなや、二人とも感情を爆発させてきて騒然とする。

芹香《せりか》もラミアさんもお互い別ベクトルで悔しがっていて、なんかすごいカオスなことに……。

「ま、まあ落ち着いて二人とも」

『これが落ち着いていられるわけないでしょ!? それまで最高の動きだったのに、最後の最後で優勝を逃すとか最悪だわ！ しかもあんたのおかげで！』

『あーんあーんっ！ なんで負けたかわからないよおおぉっ！』

……収拾がつかねー。どないせーっちゅうんじゃ……。

試合直後で気が高ぶってるってこともあるだろうけど、二人ともこのままじゃ話にならないな……。と、とりあえず芹香の方から落ち着かせるか。

「あの状況じゃ仕方ないだろ……。俺はマリエルさまを信じてたからこそタイマンに持ち込んだんだ。そうじゃなかったら漁夫で終わってたぞ」

『んぐ……っ！ そ、それはわかってるけど……！ で、でも優勝しないと……！』

芹香も頭ではわかってるのだろうが、感情的にまだ受け入れられないようだ。

「……けどいいじゃないか。結局ラミアさんとの一騎打ちには勝ったわけだし」

『それはそうだけど……。でも優勝できなかったことは事実だし――』

『そうだよ‼』

とその時、ずっと泣き叫んでたラミアさんが割り込んできた。

『マリてゃは結局優勝できなかったわけだから、この勝負は無効だよね！ どっちが優勝するかって勝負だったんだから！』

『はぁっ!? 私があんたに勝ったのは間違いないでしょ!? 勝負って意味じゃ私の勝ちに決まってんじゃないのよ！』

『どっちが優勝するかの勝負って言ったもん！』

『前提として、一対一で戦って生き残った方が勝ちって構図なんだから、それを制した私の勝ちなのは当然でしょ!? あんたとの勝負に関しては、優勝はおまけよおまけ！』

いやお前、直前まで優勝優勝言ってたのにおまけって……。

勝負は有効だ無効だと、ワーワーギャーギャー騒がしいことこの上ない二人。

……傍《そば》から聞いてるとすごく見苦しい言い争いなんだよなぁ……。

『ねえケイきゅん！ 優勝じゃないからマリてゃは勝ってないよね!?』

と、不意にラミアさんから話を振られ、俺は一瞬言葉に詰まる。

けど、どう考えても返す言葉はこれしかなかった。

「いや、勝負はマリエルさまの勝ちだったよ。ちゃんと一対一の勝負で、見事にラミアさんを倒した。その事実は揺るぎないから」

『け、けーたろ……！』

芹香の感動したような声が聞こえてくるけど、別にこれは俺がマリエルさま推しだから贔屓《ひいき》にしたとかじゃ決してない。

舞台の整った純粋な一騎打ちでマリエルさまがラミアさんを実力で下したのは事実だ。

優勝できなかったからって、その事実が覆《くつがえ》るわけじゃない以上、勝負はマリエルさまの勝ちと判断するのが正しい。

……まあ、ラミアさんから思いっきり不満そうな声が聞こえてきたけど。

『ううううう……っ！　そんなぁ……！』

『ほら聞いたでしょ！　けーたろもこう言ってるんだから諦めなさい！　今回の勝負は私の勝ちよ！』

芹香の勝利宣言で、この勝負は決した。

これでラミアさんが俺のことをすっぱり諦めてくれれば全部解決なのだが――

『……わかった。ケイきゅんの彼女も二番さんになるのも諦める……』

『ようやくわかったのね。けーたろには私っていう彼女がいるんだから、最初からそうやって物わかりよくしてればよかったのよ』

『でもその代わり、三番さんでもみあたむはＯＫだからそれで！』

『はあああああああああああああああああああああぁっ⁉』

……うん、なんかこういう展開は予想できてた気がするな。

ラミアさんの発言に絶叫する芹香の声を聞きながら、俺は軽く頭を抱える。

『負けたくせになに言ってんのあんた⁉　それじゃ勝負した意味がないじゃないのよ！　っていうかそもそも三番ってなによ！　意味わかんないんだけど⁉』

『あ、みあたむはケイきゅん相手なら奴隷でもいいよ？』

『ますます意味わかんないんだけど⁉』

全然諦めてなんかないラミアさんにキレる芹香。

……でもまあこれは気持ちはわかる。あの勝負はなんだったんだって話だし。

でも、さっきも言ったけどなんとなくこういう風になるんじゃないかって予感は実はあったんだよな。

で、案の定この通りだ。勝負に負けたところで本当に諦めるのか？　って。のらりくらりと図太いラミアさんの性格を考えたら、ある意味こうなるのは必然だったのかもしれない。

実は、こうなることを俺は想定していた。マリエルさまのサポートをせず二人の戦いを見守ると決めた時、同時にこんな場合の対処法も決めていたのだ。

……まあ、こうするしかないよな。だって最初から、これは俺の問題だったわけだし。

「ラミアさん」

『マリてゃはちょっとケチすぎ――あ、なにケイきゅん？』

名前を呼ぶと、言い争いを続けていたラミアさんはすぐに反応した。

俺は小さく深呼吸をしてから、意を決して口を開く。

……初めからこうしておけばよかったんだよな、と思いながら。

「ラミアさんの気持ちはとてもうれしいけど、ごめんなさい。ラミアさんに彼女になってもらうわけにはいきません」

『え、えええ⁉　そんな⁉』

『け、けーたろ？』

改まったその言葉に、ラミアさんはもちろん芹香も驚いたような反応を返す。

『そ、それってマリてゃって彼女がいるからだよね？　だからみあたむは二番でもいいって言ってて――』

『こら！　どさくさにまぎれて順位を元に戻してんじゃないわよ！』

「そうじゃなくて、そもそも二番もなにもないんですよ。だって本当は芹香は俺の彼女じゃないし、俺も芹香の彼氏じゃないんだから」

『……え？』

『けけけけけけーたろ⁉』

突然のカミングアウト。ラミアさんはポカンとした様子で芹香は思いっきり狼狽《ろうばい》していたが、しかし俺は気にすることなく続ける。

「ウソだったんですよ。ラミアさんを諦めさせるためについたウソ。俺と芹香は付き合ってたりしません」

『……そうだったんだ。あー、やっぱりそうだったんだね。うん、なんとなく変だなって思ってたんだけど』

『え、そ、そうなの⁉』

『それっぽくなかったからねー。まあワンチャン、マリてゃがケイきゅんに泣きついて彼女にしてもらったって可能性はあったけど』

『なによそれ⁉』

芹香は憤慨してるが、まああんな稚拙な演技じゃ感づかれても仕方ない。

『でもでも、それじゃケイきゅんはフリーってことだよね⁉ じゃあみあたむ、二番じゃなくてケイきゅんの彼女になれちゃうじゃん！』

ラミアさんは意気揚々とそう言うが、俺は「いえ」と首を振る。

そういう反応は予想したうえで、この先が俺の言いたいこと——いや、言うべきことだったんだ。おそらくは、最初から。

「申し訳ないですが、それもできません。俺は彼女を作る気がないというか、今は作ることができないからです」

『え、なんで？　なにかあるの？』

「俺の心にはもう既に決まった人がいるからです」

『え？』

『えええええええ!?』

……なんでラミアさんより芹香の反応の方が激しいんだ？

と、そんなことより、ここから先が重要なことだ。俺は息を整えて続ける。

「好きな人がいるんです。でも、それはラミアさんが思ってるような『好き』じゃなくて『推し』って意味での好きな人です」

『推し……？』

「ええ。でも俺にとってある意味でそれは恋愛的なものよりもよっぽど大きいものなんです。推しのためならなんでもできるししてあげたい。そう思えるくらい俺にとって推しってのは大きくて、かけがえのない存在なんです」

『それって、彼女よりも……？』

「はい。だから今の俺には彼女なんて作れませんし、ラミアさんの気持ちに応えることもできません。なにしろ俺はそんななによりも大切な推しが三人もいるから。……一人はアイドルのゆき。一人はコスプレイヤーのサナ。そしてもう一人は、ＶＴｕｂｅｒで最推しのマリエルさまでです」

『……けーたろ』

「俺の気持ちはその三人を推すことでいっぱいなんです。だから、彼女の件は諦めてほしいんです。ごめんなさい」

俺はなるべく平坦《へいたん》な口調で、しかし確かな想《おも》いを込めてそう語った。

こんな内容の話を正直に口にするのはドキドキものだったけど、それでもなんとか真《ま》っ直《す》ぐに言えたと思う。それもこれも、嘘偽りのない気持ちだったことが大きい。

それにしても、これはマジで最初に言っておくべきことだったと改めて思った。

そうしておけばこんなこじれることもなかったし、そもそも大会で勝負なんてこともする必要はなかったんだ。

……でも、こういう状況になって改めて自分の気持ちに気付いたってのもあるから難しいところだ。

なにはともあれ気持ちは伝えた。あとは反応を待つしかない。

ぶっちゃけ、内容自体はドン引きされてもおかしくないことを言ってると思う。

ラミアさんみたいな美少女に彼女になってと迫られたのに、推しを優先するとか正気の沙汰じゃないと思う人もいるかもしれない。

……だが、それでもやっぱり俺は推しを推すんだ！　だって、それが俺って人間だからだと言うしかない！　バカにしたいやつはバカにすればいい！　推すって行為はそれだけ崇高なものだって、俺は声高に主張し続けるぞ！

『へえぇ……』

俺が内心でそんな自己弁護なのかなんなのかわからないことを考えていると、ラミアさんはそんな反応を返してきた。

これはキモがってるのか感心してるのかどっちなんだろう……？

『じゃあ、えっとつまり、ケイきゅんは彼女よりも推しを優先するってこと？』

「そうです」

『推しがいる限り彼女は作らないってこと？』

……いや、さすがにそこまでは言ってないけど。

『マリてゃ聞いた？　ケイきゅんは、推しがいるなら彼女なんていらないんだって』

『…………そう、みたいね……』

話を振られた芹香《せりか》は、なぜか力のない声で答えた。

……どこか寂しそうにも聞こえたけど、どうしてだろう？

『ふーん、なるほどねー。つまり、みあたむはケイきゅんの彼女にしてもらえないってことなんだねー』

「その、気持ちはすごくうれしいんですけど、そういうことに……」

『うんわかった』

意外にも、ラミアさんは素直な感じで俺の考えを理解してくれたようだった。

俺はホッとすると同時に、ちょっと拍子抜けした気分でもあった。

あれだけ食い下がってたラミアさんなんだから、もっとこう、ひと悶着《もんちゃく》みたいなものがあるんじゃないかとも思ってたんだ。けど、何事もなかったならよかったよ。

俺は安心して胸をなでおろす。

これで問題はすべて解決——そう思って緊張を解こうとしていた時だった。

『じゃあさケイきゅん、一つだけ訊《き》かせてほしいんだけど』

ラミアさんがそう言って、質問をしたいと言ってきたのだ。

俺はもうすっかり気を抜いていたので、もちろんと頷《うなず》く。

……けれど、

『ケイきゅんは推しが一番だってのはわかったよ。じゃあもしさ、推しの人が彼女にしてほしいって言ってきたら、ケイきゅんはどうするの？』

「…………え？」

そんな問いを投げかけられ、俺は思わず絶句してしまう。

……今なんて？　お、推しが彼女にしてほしいって言ってきたら……？

「そ、そんなことがあるわけ……！」

『わかんないよ？　それにもしの話だし。で、どうなの？』

「そ、それは……！」

俺は何とも答えられない。……ってか、こんなのどう答えりゃいいんだよ⁉

『あ、答えに詰まってるってことはＮＯじゃないってこと？』

「い、いや、俺は推しにそんなこと思ったりしない！　ファンは推しとの距離感が一番大事だって思ってきたし……！」

『推しの方から言ってきたらどうなのって話だよ。じゃあケイきゅんは推しに告白されたら断っちゃうの？』

「い、いや、そんなことは……」

そんなあり得ない仮定を持ち出されても困るんだが⁉

推しに告白されるとか――……だ、ダメだ！　想像しそうになった……！

『……ＯＫ、わかったよケイきゅん』

「え？　な、なにが？」

『即答できなかったってことは、その可能性はアリアリのアリだってこと！』

「いやいやいや！」

俺はその言葉に猛然と首を振るが、もちろんラミアさんには見えてない。

なんとか否定しようと言葉を探すも、自分でも驚くほど何も出てこなくて焦《あせ》る。

……そんなことあるはずも、あっていいはずもないってのに！

『ねえ聞いてたマリてゃ？　推しとの恋愛はアリなんだって』

『ええ聞いてたわ！　まったく、けーたろは仕方ないわね！』

……ええ？　なんで急に復活してんのお前？　さっきまでずっと沈んだ感じで無言だったくせに、今はメチャクチャはしゃいでないか？

『推しが好きすぎて恋愛できないとか、本当にどうしようもないわね！　推しの側もそんなこと言われたら責任重大だわまったく！』

「いや、俺が勝手に言ってるだけで推しに何かしてほしいなんて一言も……」

『ほんと、とんでもない男に推されてしまったわね！　ま、まあ私は心が広いから？　そういうファンも全然まったくこれっぽっちもやぶさかじゃないけど⁉』

聞けよ、人の話。

なんだかやたらにテンションが高い芹香。しきりに「仕方がない」とか「私はかまわないけど？」などと繰り返しながら一人でずっと喋《しゃべ》ってるんだが……。

ま、まあ何か知らないけど元気になったならよかったのか？

一応話もついたみたいだし、最後はなんか話が変な方向に行った気がしないでもないけど、とりあえずラミアさんの問題も片付いたって認識でいいよな？

『もー、けーたろってばほんと、バカなんだから。んふふ』

相変わらず芹香のテンションはおかしいままだが、俺はなるべく気にしないようにしながら改めて力を抜く。

正直に自分の気持ちをぶつけるってプランは成功したので、それだけでもう十分だ。

『よかったねマリてゃ』

『べ、別に私がよかったってわけじゃないけどねー？』

ラミアさんも弾んだ声で芹香に話しかけてる。

和やかな雰囲気に心も軽くなる俺。だが、その時ふと引っかかる。

……そういやなんで、ラミアさんはこんなに喜んでるんだ？　それに、そもそもなんでさっきあんな質問をしたんだろう？

『マリてゃはうれしそうだね。まあ、みあたむもうれしいんだけどね』

『だから、私はそんなこと――……って、なんであんたもうれしいのよ』

そんなことを考えていると、ラミアさんの言葉に芹香も引っかかったように訊き返していた。……なんか、嫌な予感が。

『えー？　だってうれしいに決まってるよ。ケイきゅんは推しとの恋愛はアリなんだよ？じゃあさ、みあたむがケイきゅんの推しになればいいってことじゃん！』

『…………は？』

「…………は？」

次の瞬間、芹香と俺の声が綺麗《きれい》に重なっていた。

あまりに想定外な一言が飛んできたからだが――……えっと、今なんて？

『……い、今なんて言ったのあんた』

どうやら芹香も同じ気持ちだったらしく、俺と全く同じセリフを返す。

『だーかーらー、ケイきゅんの彼女になりたかったらみあたむを推してもらえばいいってこと。もう、そんなことならもっと早く言ってほしかったよみあたむは。マリてゃと勝負とかするよりもよっぽどそっちのがいいもんね？』

『な、なななな……！』

『だってケイきゅんの好きは推しってことだもんね？　だったら推されれば好きになってもらったってことだから、それってＶＴｕｂｅｒのみあたむには簡単なことじゃん！　というわけでケイきゅん、みあたむのこと推しまくってください！』

『な、なにいきなり勝手なこと言ってるわけ⁉』

『え、違った？　これで合ってるよね？　ケイきゅんの好きはイコール推しで……。あ、それならケイきゅんの最推しは一番好きってことだから、推されてる方もケイきゅんが好きならそれはもう恋人じゃん！　だよねケイきゅん！』

「ちょ、ちょっと待って……！」

そうまくしたてるラミアさんに俺はなんとか反論しようとするが、なぜか言葉が出てこない。というのも、俺が言ってきたことを思い返すと理論的にはその通りだからだ。

……けど、こういうのは理論云々《うんぬん》じゃないだろ⁉

お、推しと恋人とか、まずそういうのがあり得ないことで……！　距離感的にも可能性的にもあり得ないことを言われても、はいそうですって言えるわけないだろ⁉

なのに、なぜかその一言が口から出てこない。

……まさか、ラミアさんの言ってることが本質を突いてるからとか……？

いやいやいや！　それこそ絶対にあり得ない、あっちゃならないことだってば！

『ま、待ちなさいラミア！』

俺が反論できずにいると、代わりに芹香がラミアさんに待ったをかけた。

『さっきから勝手なことばっか言ってんじゃないわよ！　けーたろに推してもらって彼女にって、発想が飛躍してるにもほどがあるでしょ！』

『あれ？　でもマリてゃはさっき同意してくれてたじゃん』

『か、考え方としては成立してるかもしれないけど、自分に都合のいい解釈ばっかかしてんじゃないって言ってんの！　大体けーたろの最推しVTuberは私だし、私もけーたろを推してるんだから、その間に入ってこようってのが図々《ずうずう》しいのよ！』

『んー、つまりそれってマリてゃはケイきゅんのこと好きだから邪魔すんなってこと？』

『え？』

ラミアさんのその一言に、芹香の勢いが止まった。

『だってそうでしょ？　ケイきゅんの最推しがマリてゃで、マリてゃもケイきゅんのこと推してるってことは、それって好き同士ってことじゃん？　だから自分がケイきゅんの彼女なんだから入ってくんなってみあたむには聞こえたけど、違うの？』

『そ、それは……！』

明らかな動揺を見せる芹香。

……ってか、なんでそこで言葉に詰まる？　もうウソをつく必要はないんだぞ？

『そ……！』

『そ？』

『そんなわけないでしょ⁉　ば、バカじゃないの⁉』

だが結局、芹香《せりか》はちゃんと否定した。

なんか声が裏返りかけてるしはぁはぁと息も荒いけど、なんで普通に否定するだけでそこまで消耗してるのか謎だ。そんな慌てることじゃないだろって思うんだが。

『あ、そうなんだ。じゃあマリてゃはケイきゅんのことを推してるだけで、好きってわけじゃないんだね』

一方、それを聞いたラミアさんはやけに弾んだ声で言った。

『……はっ⁉　ま、待ちなさい、そう言うと語弊が……！』

『じゃあやっぱり、みあたむがケイきゅんの最推しを目指しても問題ないよね！　ケイきゅんの一番好きになって、それで彼女にしてもらえばいいわけだし！』

『だから待ちなさいってば！　けーたろの好きってのはそういう意味じゃなくて、あくまで推しとしてってことで……！』

『そんな細かいことどうでもよくない？　つまりはケイきゅんの一番なわけでしょ？　だ

ったらみあたむはその一番になりたいから、これからよろしくねケイきゅん！』

ものすごく溌剌《はつらつ》とした感じでそんなことを言われて、俺は戸惑いながらも一瞬可愛《かわい》いと思ってしまった。

『それじゃあケイきゅんに好きになってもらうために……、そうだ！ ケイきゅん限定のASMRをしようっと！ 九印《くいん》ラミアのキャラに馴染《なじ》んでもらうために、毎朝モーニングコールしたりとかー、みあたむ起きれるかなぁ⁉ あ、その前にちゃんと配信でケイきゅん推しになったってこと宣言しとかないといけないね、マリてゃもやってたし！ もちろんみあたむのはマリてゃと違って本気なんだけど！』

『だから人の話を……！』

『あ、ただ単に推してもらってるだけのマリてゃには関係ない話だからね？ みあたむはその先を目指してるから、無関係な人は黙っててくださーい。で、ケイきゅん、どんなことしたらみあたむのこと推してくれるかな⁉』

……す、すごい。ストレートすぎて逆に清々《すがすが》しくさえある……。

ハイテンションではしゃぎまくってるラミアさんに、俺は圧倒されてもはや何も言い返せなかった。というか、言い返したところで絶対効果がないと思えるくらい、ラミアさんの思い込みが強靱《きょうじん》すぎる。どうしろってんだこれ……。

俺は下手に反論したら危険とばかりに、ただただ乾いた笑いを返すしかなかった。

一方で謎論破されてしまったような形の芹香はというと「ぐぬぬぬ……！」とものすごくわかりやすい悔しがり方をしていたが、

『なんで……！　なんでこんなことになるのよおおおおおおおおっ‼』

やがてそう絶叫して、バタンッと机に突っ伏したような音が聞こえてきた。

こうして俺達のＬｏＦ大会は幕を閉じたわけなんだが、結局なにもかもが徒労だったという結果だけが残り、俺は改めて脱力するしかないのだった。

「……配信者としての初大会出場の思い出がこれなのか……」

☆

「ああああああああああああぁ……」

けーたろ達とのボイチャを切った後、私は深い深いため息を吐《つ》いた。

なんでこんなことになったのか……、心の中でもう一度自問する私。

結局ラミアは本当のことを知ってけーたろから直接フラれる形になっても全然めげることなく、今までとほとんど変わらない——いや、なんなら今まで以上にアプローチをし続けることになってしまった。

「このところの努力は一体なんだったのよ……！」

そう愚痴りたくもなる。優勝は逃したとはいえラミアに直接対決で勝ったのに、結局何も変わってないどころか悪化してしまったんだから。

……ま、まあ、すごく真面目な口調でハッキリと自分の気持ちを伝えたけーたろはすごくかっこよかったから、それはよかったんだけど……。

「あああああああああああああああぁ……」

また無意識のうちに脱力ボイスが漏れる私。

でも、実はこれの対象がラミアじゃないってことは自分でもわかっていた。

結局状況としてはほとんど変わってないとはいえ、ラミアの欲求が『彼女になりたい』から『推しになりたい』に変化したのだから、それはせめてもの救い。

……まあ最終目標は同じなのだから変化したと言っていいのかわからないけど、少なくとも表面上は平和になったのは間違いないしね。

じゃあ、私が一体何に対してこんなに脱力しているのかというと、それはもちろん自分自身についてだった。

「……今日ほど自分のふがいなさを痛感したことはないわ……」

私はポツリとそう呟《つぶや》く。

その言葉通り、私は自分のヘタレ具合に打ちのめされていた。

さっきのあの場面――ラミアから、推して推される関係って好き同士じゃないかと言われた時のこと。

「……ああもう、なんであの時は私はその通りって全力で主張しなかったの⁉」

……本当に、悔やんでも悔やみきれない……！

けーたろにとって推しと好きはイコールなのだから、推しこそけーたろの彼女になれる唯一の存在なんだって、ラミアの話からそういう流れになったでしょ⁉

だったらなんで、それに全力で乗らなかったのよ！　そうしてたら、けーたろにとって最推しの私が、つまりは彼女に相応《ふさわ》しいってことになってたじゃないのよ！

「あの時、私にとっての推しも好きって意味だって言って、そ、そのまま告白していればもしかしたらＯＫしてもらえてたんじゃ……！」

そう考えると、思わずマウスとキーボードをぶん投げたくなるくらいの後悔が襲ってくる。千載一遇のチャンスをどぶに捨てたようなものじゃない……！

優勝したら告白するって決めてたくせに……！　優勝じゃなかったからって二の足踏んでんじゃないわよ私……！　もうそんなの関係ない場面だったでしょ⁉

「なんであそこで本気の戦いを挑んでくるのよけーたろぉ……」

あまりにも自分が情けなくて、そんな的外れな愚痴が出てくる。

でもあれは私を信じてくれてたからで、いつだって真《ま》っ直《す》ぐなけーたろらしくってそういうところも大好きなんだけど——……って、ダメだ。思考が全く定まらない。

「ああ、あああぁ……」

嘆きすぎていよいよ声にも力が入らなくなってきた。

私はそのまま机に突っ伏したまま、なんだか泣きそうになってくる。

だけどしばらくの間その体勢で黄昏《たそが》れていると、次第に冷静さを取り戻してきた。

そして改めて考えてみると、たぶんラミアの作ったあの流れに乗る形で告白なんて、私には絶対にできなかっただろうなと思った。

千載一遇ではあったけど棚ぼたというか、どさくさまぎれというか、そんな形で大好きなけーたろに告白なんてしたくはなかったから。

「……まあ、でも本当の理由は、結局私の性格の問題なんだけどね。素直になれないうえにヘタレな性格が、あの時も出たって感じで……」

内心でいい感じにまとめようとしてるのに、自分でツッコミを入れる私。

……ああ、ダメージが大きすぎて心の中がグチャグチャになってる……。

私は「けーたろぉ……」と、最愛の人を思い浮かべて甘えた声を出す。

たぶん涙目になってるだろうし、自分で見ても引いてしまうくらい情けない姿だった。

けれど、やがて私はむくっと起き上がり、小さく息を吐いて心を切り替える。

いろいろダメージを負った今回の出来事だけど、マイナスばっかりじゃなくて実は一つだけいいことがあった。

それは、けーたろにとっては推しが一番だということ。

その『一番』の中に、私が求めている『好き』があるかもしれないということ。

……ううん、きっとある。あると思いたい。

だってけーたろは、ラミアにそう訊《き》かれたときに結局否定しなかったから。

もしそうなら、けーたろの最推しＶＴｕｂｅｒである私はその『好き』に最も近い場所にいる存在のはず。

けーたろと恋人同士になれるかも――そう思うだけで、今まで沈んでいた心が簡単に浮き上がってくるから不思議だ。

「……というか、私チョロすぎじゃない？　どんだけあいつのこと好きなのよ……」

そう言って自分を笑うけど、それくらい好きなんだとしか言いようがない。

とにかく、一筋の光は見えたのだ。あとはそれを信じて勇気を出すしかない。

そのためには、できることを一つ一つしていくだけだ。

「……とりあえず、今日の大会の感想でけーたろを褒めとかないとね。『さすがケイさまでしたわ。ケイさまは私のLoFの師匠ですから、負けて悔いなしですわ』……と。これでまた話題になってバズるかも」

私はスマホを手に取りSNSで呟く。

こうやって少しずつ外堀を埋めていくのだ。なんてったって私は、もう何年も外堀を埋め続けてきて、その果てにVTuberになったんだから。

「……っと、それからラミアにも一応メッセしておこうかな」

その時、私はふと思いついて、ラミアに今日の大会のことについて色々送った。

お疲れさまとか、またコラボのときなんかはよろしくとか、一応同期だからね。あの子は厄介な地雷女だけど、人間としては別に嫌いじゃないし、普通に友達だから。

「あの子のおかげで気付けたこともあったしね……。ま、だからってけーたろを譲るつもりはこれっぽっちもないけど」

誰が相手でも、けーたろに関しては負けるつもりはない。

私は急にその思いがほとばしって、その場に立ち上がり大声で叫ぶ。

『けーたろ！　あんたのこと大好きなんだから覚悟してなさいよね！　私も必ずケイさまのハートを射止めてみせますわー！』

マリエルさまの声音も織り交ぜて、自分でも何やってるんだとバカバカしくなる。

それでも気持ちに整理がついたようでスッキリした。

私は最後にもう一度、今度は自分に言い聞かせるように静かに呟くのだった。

「……いつか必ず、今度はフリじゃなくてけーたろの彼女に……」

あ、ちなみに配信中はずっと防音室の中だから、いくら叫んでも平気だからね？

エピローグ

「ケーくん、大会優勝おめでとう！」

「……お兄ちゃん、おめ」

「どうもありがとう二人とも」

ＬｏＦストリーマー大会後のとある休日。

俺達はグループメッセのメンバーで集まって、この前も行ったカフェで優勝のお祝いをしていた。

テーブルの上にはいろいろなスイーツが並び、実に華やかだ。

ちなみに、この祝勝会をやろうと言い出したのはゆきだが、会の費用はすべて俺持ちである。というのも、こういう機会にちょっとずつでも返していかないと、こいつらが投げたスパチャ上限爆撃のお金をとてもじゃないが返しきれないからだ。

……ほっとくと配信ごとに上限金額を投げてくるからな。早々にスパチャを切っておいてよかったと改めて思うぜ。

「最後のタイマン痺《しび》れたよ！　ケーくんすごくかっこよかった！　前半の動きもすごかったし、まるで忍者みたいだったね！」

「静かに動き、最後に決めて勝つ。それが強い。つまりお兄ちゃんが一番」

満面の笑みで「感動したよ！」と繰り返すゆきに、いつも通りの無表情ながらどこかうれしそうな紗菜《さな》。

素直に俺の優勝を祝ってくれて、それはとてもうれしいんだけど……。

「……よかったわね、祝勝会の主役さん」

一人、芹香《せりか》だけは不機嫌そうな表情でチクチクやってくるんだよな……。

「お前、まだ優勝できなかったことを根に持ってんのかよ……」

マリエルさまのＳＮＳではそんな気配は全然なかったのに。

むしろ俺のことを褒めてくれていて「マリエルさまに褒められた！」って喜んだくらいなのに、俺の感動を返せ。

「違うわよ。大会のことはもう気にしてないから」

「じゃあなんで不機嫌なんだ」

「……決まってるでしょ。ラミアのことよ」

「あ、そういえばラミアさんはどうなったの？」

「……ちゃんと撃退した？」

二人の質問に、芹香はことの顚末《てんまつ》をかいつまんで話す。

一応決着はついたとは言ってるが、あれは撃退したとは到底言えないな。

「ラミアさんのことって、あれは俺にはどうしようもないだろ……」

「結局状況が変わってないってのは、まああの子だから仕方ないわ。そこはまた別に対処するとして……、私が不満なのはそうなった過程よ」

「過程って、なんのことだよ」

「あんたが本当は私の彼氏じゃないってネタバラシしたことよ。あれはやっぱりしなくてもよかったことでしょ？　あのまま、こ、恋人同士ってことであの子を諦めさせておけばよかったのよ」

「それで諦めてたとは思えないけど……。でも、俺はあれがベストだったって思ってるよ。誤魔化しじゃなく、正直に言った方が絶対いいって思ったからな。特にあの状況なら余計にさ」

「……あの状況って？」

怪訝《けげん》そうな顔の芹香に、俺は答える。

「芹香がラミアさんに勝ったなら、変なウソで後ろめたさを抱えたままじゃ絶対に説得できないと思ったんだよ。だから全部正直に言おうって大会が始まる前から決めてたんだ」

「始まる前からって、じゃあ……」

「ああ、俺はもちろんお前が──マリエルさまが勝つって信じてたからな」

これは本当。

芹香はいつだって有言実行で、やるときはかならずやり遂げる人間だから。

「な、なによそれ……」

俺の言葉に芹香は顔をしかめるけど、その頬は赤く染まって恥ずかしそうながらもどこかうれしそうに見えた。

「ま、まあ、そういう考えがあったっていうなら許してあげなくもないかな」

どうやら機嫌が直ったようで、ちょっと唇の端が上がっている。

こういう喜んでるところを見せないってのも、昔から変わってないな。

「…………」

「…………？　なんだよ」

そんなことを考えていると、芹香がジッとこっちを見ているのに気がついた。

顔が赤く、落ち着きがない。

今度はなんだ？　と思ってたら、芹香はごにょごにょと歯切れの悪い口調で、こんなことを訊いてきたじゃないか。

「ね、ねえけーたろ。一つだけ質問してもいい？」

「質問？　そんなのいつもなら許可なんてなくてもしてるじゃないか」

「そ、そんなことないわよ。……で、質問っていうのは、その……、ラミアの言ってたことなんだけど……」

「ラミアさん？　の言ってたことって？」

「だから、その……！」

珍しくモジモジと、言いにくそうに身体《からだ》を揺らす芹香。

だがやがて、どこか意を決したような雰囲気で口を開いた。

「ラミアが言ってた……、推しとの恋愛はアリかナシかっていうの……、どう？」

「え、ええ⁉　な、なんでそんな……！」

「きょ、興味本位よ！　別に変な意味はなくて、あんたはどう思ってるのかなって……！

で、どうなの……？」

興味本位とは思えないくらい真剣な眼差《まなざ》しの芹香。

……どうって言われても、だから俺は推しとの距離感が大事で、そういうことはあり得ないって毎回言おうとしてるんだけど――

「え、なになに？　恋愛って、またケーくんに彼氏役をしてもらうの？　だ、だったら私もまた彼女役の勉強を……！」

「……欲張り。ならサナもまた合わせを……」

しかしその前に、ゆきと紗菜が乱入してきてしまった。

勘違いをしてそんな発言をする二人に、俺はなんて言えばいいのかわからない。

そうこうしているうちに我慢しきれなくなった芹香が、

「ちょっと二人とも、そういう話じゃないから！」

と、声を上げたのだが、

「そうなの？　じゃあどういう話？」

「……詳しく」

「……う」

逆にやり込められ、ねえねえと質問攻めにあってしまう羽目に。

俺はそんな三人を眺めながら、さっきの質問がうやむやになったことに安堵《あんど》する。

……芹香のやつ、なんでまたあんな質問を……。

ラミアさんに訊《き》かれた時だって面食らったってのに、そういう無茶苦茶なことは訊かないでほしいもんだ。答えられる類の質問じゃないんだから。

……でも。

でも、もしどうしても訊きたいって食い下がられたら、俺はどう答えるべきなんだ？

普通に考えたら、そんなことは絶対ないって即答すべきだ。

推しとの距離感を何より大事にする俺としては、そういうことは求めてない。

……けど――ああくそ、また『けど』が出る。

どうしても、何かモヤモヤしたものが残ってしまうんだよな……。

この気持ちの正体がなんなのかはわからない。それでも無理矢理考えてみようとすると

――そこで思考は止まってしまう。

「芹香さんばっかりズルいよ。ＬｏＦの練習でもずっと一緒だったんでしょ？」

「……デートしてた人が言うセリフじゃないと思う」

「あんた達二人ともそんなこと言う資格なくない!?」

相変わらず騒々しい三人を見て、俺は考えるのをやめることにした。

だって推しは推し。それ以上でもそれ以下でもない存在。

推しとお付き合いするなんて、そんなことは決して起こるはずがないことなのだから。

あとがき

どーもこんにちは、恵比須清司《えびすせいじ》です。好《す》き推《お》し二巻はいかがだったでしょうか。

あ、ちなみに今更ですが略称は『好き推し』って呼んでます。うーん、我ながらそのまんまでひねりがない。

それはともかく、楽しんでもらえたならいいなと思っているのはもちろん、二巻目が無事出せたことにホッとしているところです。

さて二巻では新たにＶＴｕｂｅｒのキャラが登場し、ヒロイン達にいろいろと刺激を与えていく展開となっております。

その内容は実際に本編を読んで確認してもらうとして、やはり新キャラが出ると物語がダイナミックに進んでいくので、書いている方としては非常に楽しいものです。その感覚が読者の方々に伝わればいいなーと毎回思っている次第です。

ところで皆さんはＶＴｕｂｅｒさんのチャンネルを見ているでしょうか？

実は私のＶＴｕｂｅｒ視聴歴《しちょうれき》はそんなに長くなく、存在自体は知っていたものの、本格的に視聴し始めたのは二〇二二年になってからだったりします。

ＶＴｕｂｅｒ配信と一言でいってもその視聴動機もいろいろあるなーと最近は気づいてきて、アイドルを推すようにそのＶＴｕｂｅｒさんのファンになり歌や雑談配信などを楽しんでいる人も多くいる一方、ゲーム実況を中心に視聴している方もいるでしょう。

実は私は後者の方で、自分が好きなゲームややり込んだゲームなどを実況しているのを知ると視聴せずにはいられなくなります。

自分はこのゲームのあの場面でこんな感じだったけどこの人はどうかな？　みたいな感じでリアクションを楽しむといいますか、そう考えるとゲーム実況で（私が勝手に思っている）大事なところってリアクションなんだなーって新たな気付きを得たりとか、それを可愛《かわい》い声とアバター付きでやってるんだからそりゃ見るよなと納得したりとかして、そういう部分でも楽しんでたりします。

やはり新しい分野というのは新しい刺激があるもので、そういったものがこの作品が生まれるきっかけになったかと思うと感慨深いものがあります。

なので本作も誰かの何かに刺激を与えられる存在になればいいなーなんて思っちゃったりもする今日この頃です。

ゲーム実況といえばプレイするゲームも大事ですよね。

本作ではLoFという、某有名FPSを題材にしたゲームが出てきますが、私もFPSはプレイします。プレイしますが――……まあ腕前はお察しというか……。

自分はいわゆるエイムが下手くそで、特に乱戦の中で狙って当てるなんて無理です。そのくせエイム力が超必要なスナイパーライフルが好きというどうしようもない人間なので戦績はそれはそれは悲惨なことに……。FPS自体は好きなんですけどね……。

と、自分の下手さに改めて凹《へこ》んだので、ここはひげ猫《ねこ》さんのイラストを見て気分を上げていきましょう。

二巻のカバーイラストも本当に素晴らしい出来で、相変わらずの可愛さとエモさに感激しています。素敵なイラスト、本当にありがとうございました。

二巻を出すにあたって尽力していただいた方全てに感謝しつつ、それでは、またお会いできる機会があることを願って――

二〇二三年十月七日　恵比須　清司

お便りはこちらまで
〒一〇二‐八一七七
ファンタジア文庫編集部気付
恵比須清司（様）宛
ひげ猫（様）宛

富士見ファンタジア文庫

あなたの事《こと》が好《す》きなわたしを推《お》してくれますか？ 2

令和５年11月20日　初版発行

著者――恵比須清司《えびすせいじ》

発行者――山下直久

発　行――株式会社KADOKAWA
〒102-8177
東京都千代田区富士見2-13-3
0570-002-301（ナビダイヤル）

印刷所――株式会社暁印刷

製本所――本間製本株式会社

※定価はカバーに表示してあります。
●お問い合わせ
https://www.kadokawa.co.jp/（「お問い合わせ」へお進みください）
※内容によっては、お答えできない場合があります。
※サポートは日本国内のみとさせていただきます。
※Japanese text only

ISBN978-4-04-075266-2 C0193　◇◇◇

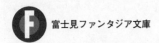

切り拓け！キミだけの王道
ファンタジア大賞
原稿募集中！
賞金
《大賞》300万円
《金賞》50万円
《銀賞》30万円
選考委員
細音啓「キミと僕の最後の戦場、あるいは世界が始まる聖戦」
橘公司「デート・ア・ライブ」
羊太郎「ロクでなし魔術講師と禁忌教典《アカシックレコード》」
ファンタジア文庫編集長
前期締切 8月末日
後期締切 2月末日
公式サイトはこちら！ https://www.fantasiataisho.com/
イラスト／つなこ、猫鍋蒼、三嶋くろね